Nouvelle Collection illustrée. L'ouvrage complet **95** centimes.

PIERRE VEBER

LES RENTRÉES

Calmann-Lévy, Éditeurs

LES RENTRÉES

Paris. — Imp. L. Pochy, 52, rue du Château. — 14-12.

PIERRE VEBER

LES RENTRÉES

ILLUSTRATIONS

DE

PAUL DESTEZ

PARIS
CALMANN-LÉVY, ÉDITEURS
3, RUE AUBER, 3

RENTRÉE DE BAL

La chambre de mesdemoiselles Morcelet, au premier étage de la « Villa des Platanes », à Houlgate ; tentures de cretonne à fleurettes ; mobilier en pitchpin ; deux petits lits à rideaux sont rangés contre le mur ; lorsque les jeunes personnes qui les occupent d'ordinaire sont éveillées, l'une n'a qu'à s'asseoir pour découvrir aussitôt, en face, le visage de l'autre ; comme il y a deux lits, il y a deux crucifix, deux armoires à glace, deux toilettes deux commodes, deux tables, deux paires de chaises, deux fauteuils, etc., etc. ; car, dans l'existence des demoiselles Morcelet, tout va par deux ; l'une n'a pas un chapeau de plus que l'autre ; les bijoutiers livrent toujours deux bracelets, au premier de l'an ; deux montres pareilles suspendent l'heure aux corsages pareils de ces demoiselles. Par malheur Reine Morcelet a trois ans de plus que Mariette.

Il fait nuit noire ; ces demoiselles entrent, Reine en tête ; chacune a son bougeoir à fleurettes, qu'elle pose d'un geste prévu sur le petit guéridon.

REINE, *grande jeune fille blonde qui commence à passer un peu ; elle a vingt-six ans, l'âge pernicieux pour les blondes mauvais teint. Elle est encore jolie, mais va maigrir et sécher d'ici peu ; des yeux bleus sérieux.*

Maman m'a dit qu'elle ne voulait pas que nous allions seules au tennis des Quinzeville.

MARIETTE, *vingt-trois ans ; plus petite, plus fraîche, plus gaie, plus rondelette ; yeux bleus, d'ordinaire assez joyeux, en ce moment méditatifs.*

Ah ! Pourquoi ?

REINE

Parce que Fraulein restera couchée demain matin ; au bain, elle a été roulée par une vague, et elle a plein de bleus sur son joli corps d'enfant.

MARIETTE, *assise sur son lit et contemplant sa bougie.*

Oui, oui.

REINE

Tout le monde est arrivé... Il n'y a plus une villa à louer... Tu as dansé ! (*Elle ôte ses souliers.*) Moi, presque pas... Où étais-tu ?

MARIETTE

Sur la terrasse.

ON ME VOYAIT AVEC LES MÈRES, ON NE M'INVITAIT PAS.

MARIETTE, *qui pense à autre chose.*

Tu crois ?

REINE

Comment, si je crois ? Où as-tu la tête ? Ailleurs, probablement. (*Elle commence à ôter sa robe.*) Le casino était comble, ce soir... N'est-ce pas ?

REINE

Ah ! Moi j'ai causé avec la mère de Marchain, sur l'éducation des jeunes filles... et puis avec la générale Moreau-Chandonneur ; et maman nous a rejointes. (*Un peu triste.*) On me voyait avec les mères, alors on ne m'invitait pas. (*Elle enjambe son jupon.*) Et puis j'ai accompagné maman aux petits chevaux ; j'ai gagné dix francs ; maman m'a dit : « Ce sera pour ta bourse de charité ! » Alors, furieuse, j'ai essayé de les reperdre, et j'ai amené cent francs de plus... crois-tu, quelle guigne ! Ça ne m'arrive jamais quand maman n'est

MARIETTE, *confuse.*

Non... Tu parlais de petits chevaux... Alors ?

REINE

Zut ! Tu as quelque chose ce soir. Tu n'as rien dit durant le retour ; on est obligé de t'arracher les paroles...

J'AI ACCOMPAGNÉ MAMAN AUX PETITS CHEVAUX...

pas là... Ça ne t'amuse pas beaucoup, ce que je raconte ?

MARIETTE, *à la bougie.*

Non !... si !... quoi ?

REINE, *criant.*

Paris ! Paris !... Tout le monde descend !... Tu rêves donc ?

MARIETTE, *fondant en larmes.*

Reine... Reine !...

REINE

Quoi, petit cruchon ? (*S'approchant.*) Ne pleure pas ainsi ; qu'est-ce qui te prend ?

MARIETTE

Rien... j'ai... il m'est arrivé... Enfin, je suis fiancée.

REINE, *saisie.*

Que dis-tu ?

MARIETTE

Je suis fiancée !...

REINE, *verte.*

Depuis quand ?

MARIETTE

Depuis ce soir.

REINE

En voilà une sévère ! Maman le sait ?

MARIETTE

Non... pas encore. Il faut que tu m'aides à le lui avouer.

REINE, *aigre.*

Merci... tu n'as pas d'autre commission dans le quartier ?

MARIETTE

Tu es méchante.

REINE

Enfin... c'est inouï ! Avec qui es-tu fiancée ?

MARIETTE

Avec monsieur Maurice Deniel... Tu le connais, le grand jeune homme blond, qui nous apprenait à nager.

REINE, *soudain grave.*

En effet... je le connais...

MARIETTE

Depuis le début de la saison, il s'est accroché à moi ; il me suit partout, à la messe, au marché de Dives ; d'abord il me déplaisait ; il avait un air insolent qui donnait envie de le gifler, l'air de dire : « Allez toujours, il faudra bien que vous y passiez » ; ses moustaches surtout m'agaçaient ; je les trouvais trop longues ; je croyais qu'il se mettait la nuit une muselière, comme l'empereur d'Allemagne, pour les tenir relevées. Il paraît que non... (*Un temps.*) Je le lui ai demandé.

REINE, *absorbée.*

Ah !

MARIETTE

Tu te rappelles... Il est arrivé à se faire présenter chez les Quinzeville ; il a joué contre moi et le fils Santerre, avec cette grande échelle de Dora Craven ; ils nous ont battus à plate couture ; Dora se moquait de nous. Celle-là, elle peut se noyer ! S'il n'y a que moi pour lui tendre la perche ! Tu m'écoutes ?

REINE

Oui, oui.

MARIETTE

J'étais furieuse, avec ça Maurice ne trouve rien de mieux que de s'excuser pour la liberté grande qu'il a prise de nous battre ; alors je lui en ai dit de toutes les couleurs. Même qu'au retour tu m'as lavé la tête, parce que j'avais été grossière avec ce jeune homme, un jeune homme si bien élevé ! si charmant ! si ça !... et si l'autre. Ma pauvre sœur ! si tu avais su !

REINE

Oui... si j'avais su !

MARIETTE

Je l'ai revu chez les Maringouin, chez les Pendor, et puis à la trempette. Chaque fois il me semblait que je le détestais un peu plus. On m'avait raconté qu'il était l'amant de mademoiselle Brancheval, qui joue les ingénues dans la troupe du casino. Il m'a affirmé que c'était faux. Il ne lui a même jamais adressé la parole, tu sais ; cette créature laisse courir ce bruit-là, parce que ça la pose. Elle n'a, du reste, aucun talent.

REINE, *ailleurs.*

Qui ça ?

MARIETTE

L'ingénue. Mais ça m'avait piquée au jeu : quand je rencontrais Maurice, j'amenais toujours la conversation sur la troupe du casino, et je disais du bien de mademoiselle Brancheval. Lui, il en disait aussi du bien, pour me faire plaisir ; il croyait que je m'intéressais à elle. Je rageais ! Et puis j'ai ragé encore plus, quand Louise Pendor m'a raconté que Maurice venait chanter *Pelléas* avec elle ; je l'aurais mordue. C'est comme ça que j'ai découvert que j'aimais Maurice ; j'avais lu, je ne sais où, que quand on exècre un monsieur, c'est qu'on est tout près d'en raffoler. Aussi, je me suis radoucie : le malheureux ne comprenait pas, il cherchait quelle rosserie ça pouvait bien cacher.

REINE

Pourtant, il ne te parlait guère, à ce moment ?

MARIETTE

Si fait.

REINE

Il était tout le temps avec moi ! Il ne me lâchait pas ; nous avons causé des heures entières, au tennis, à la réaction.

MARIETTE, *riant.*

Ah ! oui ! c'est plus tard, quand il a compris que je l'aimais pour de bon, que j'étais pincée ; il a fait « le mouvement tournant », comme il dit.

REINE

Qu'est-ce que cela signifie ?

MARIETTE

Il est très malin, Maurice ; comme il n'a pas beaucoup de fortune, il devine qu'il y aura du tirage auprès de papa et de maman qui veulent m'acheter, pour ma dot, autre chose qu'un maître des requêtes ; il tâche de les circonvenir peu à peu ; il a appris que tu avais une grande influence sur papa ; et il a essayé de te gagner, de faire ta conquête, quoi !

REINE, *frappée.*

Mon Dieu ! C'était donc cela !

MARIETTE

J'ai failli être jalouse de toi ; mais il m'a expliqué : « Votre sœur n'est pas aussi rosse qu'elle le paraît ; je crois que j'arriverai à la mettre de notre côté ; ça marche à merveille ; elle se laisse approcher. Encore un peu et je lui avoue tout. » Au dernier moment, il n'a pas osé.

REINE

Il a bien fait ! (*Triste.*) Il s'y est bien pris ; tu auras un mari délicieux ; il sait plaire à tous, sans s'efforcer. Je pensais, de bonne foi, qu'il aimait à causer avec moi... Je pensais qu'il me préférait aux autres, parce qu'il pouvait parler de choses sérieuses.

MARIETTE, *riant.*

Pas du tout... ça l'ennuyait ferme ! Il me racontait que tu lui poussais des colles sur son avenir, son avancement ; il t'admire beaucoup : « Votre sœur, me disait-il, elle serait capable d'être président de section. »

IL ÉTAIT TOUT LE TEMPS AVEC MOI...

REINE, *blessée.*

Vraiment ? Il a dit ça ?

MARIETTE

Pas méchamment... Je reprends donc ; il y a huit jours, nous étions tous les deux chauffés à blanc ; les promenades, les causeries, les réactions, etc., nous avaient ménagé des tête-à-tête ; on s'envoyait des phrases à double entente ; pourtant, on n'osait rien s'avouer ; j'étais sûre qu'il m'aimait ; et lui, de son côté, il était tranquille. Néanmoins, on n'arrivait pas à risquer le grand mot.

Dans cet embarras, j'ai eu recours à Fraulein.

REINE, *stupéfaite.*

A notre Fraulein ? à Lisbeth ?

MARIETTE

Bien entendu ; je lui ai tout raconté, ça m'étouffait.

REINE

Elle t'a grondée ?

MARIETTE

Pas du tout ! Elle sautait de joie, comme une crevette ; nous avons tenu conseil dans un trou de la falaise ; il a été convenu que Fraulein irait pressentir Maurice.

REINE

Elle fait un joli métier, Lisbeth. Si maman apprend ça !

MARIETTE

Elle aurait eu tort si la chose avait mal tourné : mais puisqu'elle tourne bien ! Fraulein va trouver Maurice et lui tient ce langage : « Monsieur, vous êtes triste... Est-ce parce que vous aimez mademoiselle ? — Oui, répond Maurice ; mais elle ne m'aime pas ! Et puis, il y a tant d'obstacles entre nous ! — Pas du tout, reprend Lisbeth ; d'abord, mademoiselle vous aime ; c'est l'important. Pour la question d'argent, n'ayez crainte, mademoiselle mène ses parents comme elle veut. » Elle exagérait ; enfin, elle arrange une entrevue. Il y a huit jours, j'ai vu Maurice derrière l'église protestante ; je suis sortie avec Fraulein, soi-disant pour aller jusqu'à Dives ; tu voulais nous accompagner à toute force ; je ne parvenais pas à te semer.

REINE

Je me souviens.

MARIETTE

Il pleuvait à verse, que c'en était une bénédiction. J'étais très troublée, malheureuse ; mais Lisbeth ne se tenait plus ! Elle parlait, parlait ! Elle était excitée ! De loin, nous apercevons Maurice sous son parapluie, près du temple ; il vient à notre rencontre, et nous causons, pendant que Fraulein monte la garde sur le chemin.

REINE

Confiez donc vos filles à des personnes sûres !

MARIETTE

Maurice était très ému, plus ému que moi : « C'est une folie ! une vraie folie ! murmurait-il. Je ne voulais pas venir... et sous la pluie ! » Alors, je lui ai répété carrément les paroles de Fraulein : « Vous m'aimez, et je vous aime ; le reste n'importe pas ! » Il n'a pu répondre que : « Ma chérie, ma chérie... laissez-moi penser à tout cela... je vous aime très fort ; pourtant, je n'ai pas le droit de vous le dire ainsi, par surprise ! » Ce n'était qu'une formalité, car il y avait belle lurette que nous nous l'étions avoué, à la muette. Et, de son côté, ce n'était pas pour le plaisir qu'il cherchait à te gagner.

REINE

Alors ?

MARIETTE

Alors, il m'a demandé de réfléchir huit jours. Et, hier, au Casino, il m'a emmenée sur la terrasse : « Avez-vous réfléchi ? — Oui, j'ai réfléchi, je suis décidée : je serai votre femme. Dès demain, j'avertirai mes parents ; vous viendrez l'après-midi faire votre demande. » Et nous sommes restés toute la soirée, l'un près de l'autre, comme des fiancés.

REINE

Il t'a embrassée ?

MARIETTE

Deux ou trois petites fois. J'étais un peu folle : je l'aime tant, tant ! Tu ne peux pas te figurer ça, toi qui es une personne grave. J'ai envie de le crier à tout le monde, j'ai envie de le proclamer sur la place publique : « J'aime Maurice ! » Cela emplit ma vie, me tient lieu de tout. Je suis heureuse, d'un trop grand bonheur qui m'accable, et dont je ne me faisais aucune idée. On a beau l'avoir lu dans les livres, c'est quand même imprévu, déconcertant et ça ne ressemble à rien.

REINE

Pour le moment, quels sont tes projets ?

MARIETTE

Comme tu es une bonne chère vieille sœur adorée, tu iras trouver madame Morcelet mère, et la préparer.

REINE

Ça, n'y compte pas. (*Elle grimpe dans son lit.*)

MARIETTE

Comment ! Tu refuses ?

REINE

Un peu. Tu t'es fourrée dans une mauvaise passe, tire-t'en, ma belle. (*Elle souffle rageusement sa bougie.*) Adresse-toi à Fraulein.

MARIETTE, *navrée.*

Tiens, tu es une mauvaise sœur !

REINE, *sous les couvertures.*

C'est ça, je suis une mauvaise sœur !

MARIETTE

Et tu ne m'aimes pas... (*Silence.*) Tu me détestes... parce que tu es jalouse de moi... oui, jalouse.

REINE, *piquée.*

Allons donc !

MARIETTE, *mauvaise.*

Tu as cru que Maurice te faisait la cour : tu t'es emballée et tu es vexée de découvrir que c'est moi qu'il aime !

REINE

Voyez-vous ça !

MARIETTE

Et ça t'ennuie que moi, la cadette, je me marie la première.

REINE, *furieuse, rejetant les couvertures et s'asseyant au milieu de son lit.*

Eh bien ! oui, et après ? Ça te semble tout naturel que les choses heureuses t'arrivent ; et moi, je dois m'en réjouir pour toi, n'est-ce pas ? A quoi suis-je bonne ? à devenir une vieille fille ? Depuis quinze ans, c'est toujours toi que l'on met en avant, que l'on choie, que l'on caresse ; c'est toi le chouchou, la chérie ; quand tu es malade, c'est toujours grave ; quand tu as un succès, c'est toujours mieux que tout. Moi, je suis la sœur aînée, celle dont on ne s'occupe pas. Et ça a commencé à ta naissance...

MARIETTE, *atterrée.*

Oh ! Reine !

REINE

Oui ! Avant, c'était moi, la chérie ; on m'aimait, mieux peut-être qu'on ne t'a aimée. Et puis tu es venue ; et, mêmes robes, mêmes chapeaux. Nous avons eu tout pareil. A la longue cela me crispait, et j'ai demandé à maman, un jour, de nous habiller différemment.

EH BIEN ! OUI, ET APRÈS ?

tout de suite, j'ai senti qu'on me mettait de côté.

MARIETTE

Ce n'est pas vrai. Aucune de nous ne fut avantagée aux dépens de l'autre.

REINE

Je pense bien ! Nos parents craignaient de passer pour injustes ; mêmes bijoux, Elle m'a répondu : « Non, mon enfant, tu aurais l'air d'une fille d'un premier lit ; ça ne se fait pas ! » Seulement, c'est sur toi que l'on a réuni le meilleur de l'affection ; c'est toi que l'on cherchait à marier. Je le sais, j'ai entendu papa dire, l'autre jour : « Reine ? Elle ne nous quittera pas ! Elle nous aime trop : nous la garderons près de nous ! » Les parents ne se sacrifient pas pour deux enfants.

MARIETTE

Mais tu te marieras aussi.

REINE

Allons donc ! On ne me fait déjà plus la cour ; je reste à causer, sur les banquettes, avec les mères ; et si l'on essaye ma conquête, c'est comme sœur et non comme femme. Quand Maurice s'est appliqué à me gagner, comme tu dis, j'ai cru bêtement qu'il avait quelque chose pour moi ; j'ai été heureuse, si heureuse ! Je songeais déjà au beau ménage que nous serions ; je ne me voyais plus telle que je suis, déjà vieille fille et fanochée. Je prenais intérêt à lui, à son avenir. Et ensuite, il allait se moquer de moi. (*Pleurant.*) C'est mal...

MARIETTE, *s'approchant.*

Ma pauvre petite sœur...

REINE, *la repoussant.*

Va-t'en, va-t'en ! Je te déteste, je te déteste.

Elle cache sa figure dans l'oreiller et sanglote. Mariette se déshabille, puis embrasse la main de sa sœur, crispée sur la couverture ; et, enfin, après avoir soufflé la lumière, se couche. Silence. Au dehors, le bruit rythmique de la mer. Au bout d'une demi-heure, Reine appelle sa sœur.

REINE

Mariette ! Tu dors ?

MARIETTE

Non.

REINE

Je te demande pardon... Je parlerai à maman demain matin.

RENTRÉE DE CHAMBRE

M. Julien Passerel attend « sa femme mariée », madame Follebise. Il l'attend avec impatience ; non qu'il soit très pressé de lui faire subir les derniers outrages. Mais madame Follebise avait annoncé sa venue pour deux heures ; il est deux heures et demie, et rien n'est agaçant comme ces minutes d'énervement : « Viendra-t-elle ? Ne viendra-t-elle pas ? Je devais essayer l'automobile de Saillant tantôt; si elle ne devait pas venir, que ne m'a-t-elle averti !... »

Julien est dans ces heures de lucidité hargneuse que l'on a quand les gens vous font poser. Il songe soudain que madame Follebise n'est pas si jolie que ça ; elle est boulotte, presque grasse, elle est petite, elle n'a pas de très beaux cheveux, et elle n'a aucune suite dans les idées. En outre, elle exige de son amant une exactitude, une soumission, une fidélité, toutes les qualités qu'elle n'a pas.

Julien marche de long en large, dans son salon, qui est aussi son fumoir et son cabinet de travail ; il n'ose pas fumer parce que l'odeur du tabac empesterait la chambre à coucher ; il n'ose pas travailler, car il n'aurait plus l'air d'attendre ; et puis Julien ne se résigne au travail qu'à la dernière extrémité. Il arrive devant la glace, qui lui renvoie sa physionomie de bon petit jeune homme à petites bonnes fortunes, profil ovin, cheveux châtain clair, moustache flamme de punch. Veston d'intérieur.

Il va s'asseoir sur le divan ; puis il va prendre un livre dans la bibliothèque. Le livre, il l'a trop lu ! Il n'y a plus de romans nouveaux !

Il va à sa table de travail, puis à la fenêtre, qui donne sur le quai, et regarde passer les bateaux, sans conviction. « Ça n'est pas une vie ! » soupire-t-il. Enfin, il s'assied, aveint du papier à lettre, et commence : « Mon cher ami, je profite d'un moment de liberté pour... » Ding ! on sonne. Julien court ouvrir. Madame Follebise lui saute au cou. C'est, en effet, une jeune dame blonde, de trente-trois ans ; figure de clownesse, bouche un peu canaille, nez de lapin.

MADAME FOLLEBISE, *pendue au col de Julien.*

Bonjour, mon bonheur, ma joie, mon tout, mon bien et le reste !... Dieu que tu es grand. (*Lui tirant la tête, comme un enfant abaisse un cerisier.*) Tu as encore grandi depuis huit jours ! (*Long baiser étudié.*) Qu'est-ce que tu manges pour grandir comme ça ?

JULIEN, *flatté.*

Je t'adore.

MADAME FOLLEBISE

Ça n'a aucun rapport. (*Entrant dans le salon.*) Tu travaillais, je t'ai dérangé ?

JULIEN

Mais non... je t'attendais... quand je t'attends, je ne puis travailler.

MADAME FOLLEBISE, *jetant les yeux sur la montre-borne.*

Près de trois heures ! Mon pauvre grand ! Je suis en retard !

JULIEN, *lâche.*

Non...

MADAME FOLLEBISE

C'est la faute de mon mari ! Il est rentré à une heure pour déjeuner ; ça m'a bouleversé ma journée ! J'avais presque envie de t'envoyer un bleu pour remettre notre entrevue à demain.

JULIEN

J'aurais été fou d'inquiétude et de tristesse.

MADAME FOLLEBISE

Allons donc ! Tu aurais bien trouvé l'emploi de ton temps. Mais demain j'essaye l'après-midi. (*Changement de ton.*) Tu sais, il faudra que je sois rentrée à cinq heures ?

JULIEN

Tu ne m'accordes que deux heures ?

MADAME FOLLEBISE

Je ne dispose que de ça. Et puis, en deux heures on a le loisir de faire bien des choses !

JULIEN

On a tout le temps les yeux fixés sur la pendule, pour ne pas manquer le retour... Moi, je ne peux pas m'habituer...

MADAME FOLLEBISE, *lui coupant la parole.*

Oui... oui... tu me diras le reste plus tard... Nous avons déjà perdu cinq minutes... Viens !... Ah !... Emporte la montre !

JULIEN, *navré.*

Tu vois !... on dirait que tu veux chronométrer !

MADAME FOLLEBISE, *l'entraînant.*

Dieu que tu es paquet pour ton âge !

JULIEN, *la suivant.*

Veux-tu aussi une boussole ?

Ils sont dans la chambre : un grand lit ; au mur des photographies de tableaux de musée ; des étagères ; au-dessus du lit un grand faune impudique ; le cabinet de toilette est tout voisin ; chanson discrète de la bouilloire à la cantonade.

MADAME FOLLEBISE

Chauffe-moi ma place. (*Elle ôte son chapeau qu'elle poignarde d'épingles ; puis elle retire son corsage et sa jupe, qu'elle dispose avec méthode sur le plus proche fauteuil.*)

JULIEN, *qui est déjà dans le lit.*

A la bonne heure ! Tu es une personne bien ordonnée.

JULIEN

La sœur Amélie avait-elle prévu que tu évoquerais son souvenir chez moi ?

ELLE OTE SON CHAPEAU...

MADAME FOLLEBISE

Au couvent, la sœur Amélie me disait qu'il fallait plier ses affaires dans l'ordre où on devait les prendre en se levant.

MADAME FOLLEBISE

La sœur Amélie prévoyait tout. (*Elle est en pantalon.*) A tout à l'heure, mon cher seigneur. (*Elle disparaît dans le cabinet de toilette ; la portière se referme.*)

JULIEN

Dépêche-toi ; nous n'avons plus qu'une heure trois quarts.

LA VOIX DE MADAME FOLLEBISE, *cachée.*

Ne me presse pas... ça m'étourdit, et je ne sais plus où donner de la tête.

JULIEN

Tu ne sais plus ?... Je te le dirai, moi !

LA VOIX DE MADAME FOLLEBISE, *pouffant.*

Chéri, va!...Comme tu es « Vieille gaieté française » aujourd'hui. (*Se fâchant contre un objet.*) Flûte! quel fichu instrument!... Il faudra que j'en achète un autre!

JULIEN

Un autre quoi ?

LA VOIX DE MADAME FOLLEBISE

Ça ne te regarde pas... J'en avais un excellent, nous l'avons perdu il y a deux mois, à Meudon... Enfin ! (*Elle reparaît en chemise.*) Voilà !... Je suis la Fée des Neiges !

JULIEN

Vite... vite !

MADAME FOLLEBISE, *prenant son élan.*

Une! deux! trois!... Go !... (*Elle retombe assise sur le lit.*) Et toujours le sourire sur les lèvres !

LA SŒUR AMÉLIE ME DISAIT...

JULIEN

Mon chéri ! Mon chéri ! (*Il la prend.*)

MADAME FOLLEBISE, *déjà très loin.*

Coco !... Tu regarderas l'heure ! dis ! Tu regarderas ?...

JULIEN, *tout à fait loin.*

Zut ! je t'adore.

Murmure. Puis un silence ; quelques minutes tombent dans l'éternité.

JULIEN, *reprenant conscience des choses.*

Ah !

MADAME FOLLEBISE, *encore les yeux fermés.*

Envoyez-m'en six boîtes pour moi et mes amis !

JULIEN

Tu m'aimes ?

MADAME FOLLEBISE

On le dit. (*Ouvrant les yeux.*) Mon grand ! Mon grand !...

JULIEN

Et tu voulais remettre à demain !

MADAME FOLLEBISE

C'eût été dommage !

JULIEN

Je ne te le fais pas dire. Mais tu m'aimes moins que je t'aime.

MADAME FOLLEBISE

Naturellement ; dans une liaison, il y en a toujours un qui aime moins. Je préfère que ce soit moi.

JULIEN

Qu'as-tu fait de ta semaine ?

MADAME FOLLEBISE

Rien.

JULIEN

Tu as songé à moi ?

MADAME FOLLEBISE

Sans discontinuer. Je suis très peu sortie ; d'abord, j'ai eu un grand dîner.

JULIEN

Entre qui étais-tu ?

MADAME FOLLEBISE

Entre le président Loscar, un vieux, et monsieur Bru, l'associé de mon mari.

JULIEN

Un jeune homme ; je parie qu'il t'a fait la cour !

MADAME FOLLEBISE

Pas du tout ; c'est ce qui te trompe ! C'est le vieux qui se serrait contre moi. Il ne m'a pas lâchée de la soirée. Mon mari était furieux.

JULIEN

Oh ! si je ne savais pas ton mari près de toi, je ne serais pas tranquille.

MADAME FOLLEBISE, *le pinçant.*

Tiens, malhonnête ! Mon mari est plus confiant que toi.

JULIEN

C'est ce qui fait ma force !

MADAME FOLLEBISE

Et puis, ne plaisante pas ; nous sommes bien heureux de l'avoir, mon mari !

JULIEN

Ah ! Pourquoi ?

MADAME FOLLEBISE

Parce que ça nous procure un sujet de conversation. Cet homme-là, je le tromperais rien que pour parler de lui.

JULIEN, *rageur.*

Il est satisfait de l'inventaire ? L'année a été bonne ?

MADAME FOLLEBISE

Ne te vante pas trop. Il y a mieux, mais c'est plus cher.

JULIEN

Enfin, tu as bien une raison de m'aimer ? Une pauvre petite raison ?

C'EST LE VIEUX QUI SE SERRAIT CONTRE MOI.

MADAME FOLLEBISE

Ne te fatigue pas ! Mon mari vaut mieux que toi. Il est intelligent, brave, travailleur, riche, il a toutes les qualités du cœur....

JULIEN

Mais moi, j'ai *les autres !* Hurrah ! pour les autres !

MADAME FOLLEBISE

Heu !... à la rigueur, oui... Je t'aime parce que tu es mon péché caché... mon mensonge.

JULIEN

Qu'entends-tu par là ?

MADAME FOLLEBISE

Tu ne comprends pas !...

JULIEN, *vexé.*

Je suis si bête !

MADAME FOLLEBISE

D'abord... Et puis il faut être femme pour saisir ces nuances-là. Quand j'étais petite, je faisais des choses fort innocentes, mais que je ne confiais à personne. J'allais me promener en cachette, — pas pour le plaisir de la promenade, — pour le plaisir du mystère. Et rentrée chez moi, quand on me questionnait sur l'emploi de ma journée, je racontais n'importe quoi, et je m'écoutais mentir, avec délices... Maintenant c'est la même volupté ; tout à l'heure, mon mari m'interrogera, je lui débiterai une petite histoire, tandis que je songerai à toi, à notre journée, et ce sera délicieux.

QUAND J'ÉTAIS PETITE...

JULIEN

Plus délicieux que la journée elle-même ?

MADAME FOLLEBISE

Certes ! S'il est bon de s'aimer, il est

meilleur encore de s'en souvenir au bon moment. (*Soupirant.*) Vois-tu, le jour où l'adultère sera définitivement entré dans nos mœurs, il perdra beaucoup de son charme.

JULIEN, *qui s'occupe.*

Hâtons-nous donc d'en profiter.

MADAME FOLLEBISE, *se défendant.*

Non ! bas les pattes... la familiarité engendre le mépris !... Veux-tu finir !... d'abord, je n'ai plus le temps...

JULIEN, *qui suit son idée.*

Tu as encore cinquante-quatre minutes. C'est plus qu'il n'en faut.

Soudain le tableau se modifie un peu ; il semble que madame Follebise soit seule ; où est Julien ? cherchez Julien ?

MADAME FOLLEBISE, *en voyage.*

Sûrement, je serai en retard !

La journée se poursuit ainsi, en passe-temps, amusettes et jeux icariens. A la fin, madame Follebise se laisse aller a un léger sommeil. Julien s'efforce de rester éveillé. Madame Follebise le lui a bien recommandé : « Tu ne me laisseras dormir que cinq minutes, pas plus ! » Julien tient la tête de madame Follebise sur sa mâle poitrine ; il s'efforce de loucher pour la contempler dormant. Aussitôt les objets s'estompent, leurs contours s'effacent ; Julien ne distingue plus que des teintes plates... Et il s'endort !

Une heure et demie après.

MADAME FOLLEBISE, *vague.*

Julien !... Julien !... Tu dors ?

JULIEN, *s'éveillant en sursaut.*

Moi ! Non !...

MADAME FOLLEBISE, *se pelotonnant dans l'oreiller.*

Quelle heure est-il ? mon grand ?... mon amour ?... ma vraie joie ?

JULIEN, *sans bouger.*

Il est la demie...

MADAME FOLLEBISE

Quelle demie, mon seul bien ?

JULIEN, *se levant sur un coude.*

Quatre heures... (*Verdissant.*) Non ! il est six heures vingt !!!

MADAME FOLLEBISE, *bondissant.*

Idiot, va ! Ce n'est pas possible !

JULIEN

Et je retarde de dix minutes !

MADAME FOLLEBISE, *avec la joie du désespoir.*

Parfait ! à merveille ! de mieux en mieux ! (*Elle saute à terre.*) Ah ! me voilà belle fille ! (*Elle court au cabinet de toilette.*)

JULIEN

Ce n'est pas de ma faute !... Je me suis endormi !

LA VOIX DE MADAME FOLLEBISE.

Ça va être gracieux ! Je serai rentrée au plus tôt à sept heures un quart...

JULIEN

C'est la bonne heure.

LA VOIX DE MADAME FOLLEBISE

Mais je dîne en ville, Jeanjean! (*Se fâchant contre le même objet.*) Non ! quel système !

JULIEN, *humble.*

J'en achèterai un autre !

LA VOIX DE MADAME FOLLEBISE

Prends garde que je remette les pieds ici ! Chez un citoyen qui me laisse dormir jusqu'à six heures et demie !... Ton paillasson m'a vue !... Où est mon corset ? qu'est-ce que j'ai fait de mon corset !...

JULIEN

La sœur Amélie dit qu'il faut plier ses affaires dans l'ordre...

LA TÊTE DE MADAME FOLLEBISE, *passant la portière.*

Je t'en prie, paye-toi ma figure, c'est le moment ! (*Elle disparaît.*) Naturellement, quand on mettra la main sur le crochet à boutons, tu me préviendras par. dépêche !... Quelle installation !... Sapristi !...

JULIEN, *effrayé.*

Quoi encore !

MADAME FOLLEBISE, *reparaissant en cycliste.*

Qu'est-ce que je raconterai à mon mari ?

JULIEN

Que tu as été retenue chez la couturière.

MADAME FOLLEBISE

J'y vais demain.

JULIEN

Demain, tu inventeras autre chose !

MADAME FOLLEBISE, *désolée.*

Mentir ! Toujours mentir ! Cela me dégoûte !... Je te défends de rire !... Ça me fait horreur !... Qu'est-ce que je pourrais bien dénicher comme alibi.

JULIEN

Il y a le dentiste.

MADAME FOLLEBISE

Il doit y aller ces jours-ci ; alors, s'il le questionne !

JULIEN

Un grand magasin.

MADAME FOLLEBISE

On n'y reste pas toute la journée, jusqu'à sept heures ! (*Presque pleurant.*) Tu vois, c'est le bon Dieu qui me punit !

JULIEN

Comme si le bon Dieu n'avait pas mieux à faire qu'à torturer une jolie petite créature telle que toi. Dis que tu es allée voir maman. Elle reçoit très tard. Et c'est aujourd'hui son jour.

MADAME FOLLEBISE, *illuminée.*

Vrai ? C'est une idée... Et puis, il y a le goûter... et puis, le reste me viendra en voiture... (*Le corsage.*) Mets-moi les agrafes du haut pour m'avancer... Merci.

JULIEN

Quand je te revois ?

MADAME FOLLEBISE, *mettant son chapeau.*

Voyons... je ne sais pas... je t'écrirai... Veux-tu mardi ?

JULIEN

Pas avant ?

MADAME FOLLEBISE

Non... J'y pense... mardi, je ne peux pas. Mercredi. Oh ! quelle heure est-il ?

JULIEN

Sept heures moins cinq ! Tout de même, je voudrais bien avoir à nous une journée, une journée complète, où tu ne t'occuperais pas de la montre ! où tu ne me rappellerais pas toutes les dix secondes qu'il y a là-bas un monsieur qui t'attend pour dîner !...

MADAME FOLLEBISE, *qui n'écoute pas.*

Ça va bien !... Garde-moi le reste pour plus tard... Bonsoir, mon grand ! (*Baisers rapides.*)

JULIEN

Bonsoir, mon petit ! A mercredi ?

MADAME FOLLEBISE, *dans l'escalier.*

Oui... oui... sept heures qui sonnent ! Doux Jésus !... Et il n'y a plus de sapin sur le quai passé six heures !... (*La suite se perd dans les étages inférieurs.*)

Une demi-heure plus tard ; chez madame Follebise. Dans le salon, M. Follebise parcourt le *Temps*, ou s'imagine qu'il le parcourt ; car son attention est ailleurs ; il regarde la pendule, puis sa montre. C'est un honnête monsieur, à mine tranquille de mari ordinaire ; s'il découvrait qu'il est trompé, il tuerait peut-être sa femme ; ou il n'attacherait peut-être aucune importance à cet événement. Cela dépendrait des circonstances.

Tout d'un coup madame Follebise entre en trombe et saute au cou de son mari.

MADAME FOLLEBISE, *embrassant son époux.*

Bonjour, mon bonheur, ma joie, mon tout, mon bien, etc. (*Voir plus haut.*)

MONSIEUR FOLLEBISE

A quelle heure arrives-tu ? Il est sept heures et demie ! Un peu plus, et j'allais te réclamer à la Morgue.

MADAME FOLLEBISE

Ce n'est pas de ma faute, j'ai été retenue.

MONSIEUR FOLLEBISE

Par quoi ?

MADAME FOLLEBISE, *hésite entre plusieurs excuses : dentiste, modiste, magasins, visite à madame Passerel mère ; puis, se décidant tout à coup.*

Par un accident !

MONSIEUR FOLLEBISE, *terrifié.*

Mon Dieu !

MADAME FOLLEBISE

Non !... Mon cocher a écrasé un bicycliste. Figure-toi que je revenais de chez madame Passerel...

MONSIEUR FOLLEBISE

Tu ne l'as pas trouvée, je l'ai rencontrée tantôt. Elle n'a plus son jour, m'a-t-elle dit.

MADAME FOLLEBISE

En effet... Elle aurait pu me prévenir ! En sortant de chez le dentiste, je suis allée chez elle ; elle reçoit très tard. J'ai trouvé visage de bois ; au retour, près du pont des Saints-Pères, ma voiture a heurté un jeune cycliste. (*S'abandonnant à l'inspiration.*) Un petit chasseur d'hôtel... ces gamins-là sont d'une imprudence !... Celui-là s'est jeté dans les jambes du cheval.

MONSIEUR FOLLEBISE

Pauvre petit.

MADAME FOLLEBISE

Il a eu plus de peur que de mal ; c'est la machine qui a été endommagée... On s'est attroupé ; moi, je voulais filer. Mais le cocher m'a priée de rester pour témoigner. Le temps que l'on trouve un sergent de ville.

MONSIEUR FOLLEBISE

Il y en a toujours un à la station !

MADAME FOLLEBISE

Il était allé dîner... Enfin, il en vient un. Il a pris mon adresse. On m'écrira ;

MADAME FOLLEBISE

Je suis éreintée de ma journée... J'en ai fait des courses...

MONSIEUR FOLLEBISE

Tu me raconteras ça à table.

— PAR UN ACCIDENT !

le petit a été reconduit. Ce ne sera rien.

MONSIEUR FOLLEBISE, *navré.*

Tu vois ! Quand tu sors, il t'arrive toujours quelque chose !

MADAME FOLLEBISE

Volontiers... J'ai une faim ! L'exercice me donne de l'appétit ! (*Ils passent dans la salle à manger.*)

MONSIEUR FOLLEBISE

Je parie que tu es allée dans les magasins ?

MADAME FOLLEBISE

Tout juste ! Et j'ai fait des folies.

MONSIEUR FOLLEBISE

Et puis ?

MADAME FOLLEBISE

Je suis allée chez la modiste... Et puis, je suis allée chez la couturière... j'ai essayé... C'est assommant. Il faut que j'y retourne demain. Et puis le dentiste... et puis goûter... et puis ma visite... et puis retour ici.

MONSIEUR FOLLEBISE

Tu vas te tenir tranquille maintenant.

MADAME FOLLEBISE, *s'étirant.*

Jusqu'à mercredi... Parce que je prévois que mercredi j'aurai encore une journée très fatigante !...

RENTRÉE D'ARGENT

Le boudoir de madame Raimbeau : un cabinet de travail meublé d'un Louis XVI de notaire ; bureau sérieux, avec un secret qui a l'air d'un piège ; des chiffonniers-cartonniers bourrés de paperasses ; bibliothèque d'une élégance sobre renfermant des ouvrages de droit, des annuaires financiers, des répertoires. Un téléphone, des cornets acoustiques, un clavier de boutons électriques. Au mur, quelques esquisses, et, à la place d'honneur, le portrait d'un général espagnol, en grande tenue : belle figure altière, moustaches cirées, regard énergique.

Devant le bureau-piège, madame Raimbeau est assise ; cette forte commère de quarante-deux ans, brune, commune, bien campée, a pourtant de belles mains assez fines, des « mains de sage-femme ». Vêtue de soie et dentelles noires, elle ne porte point de bijoux. D'un coup d'œil, elle examine des factures et des paperasses qu'elle classe. De temps à autre, elle prend une note sur son agenda. L'heure doit être grave, car madame Raimbeau n'a plus l'aimable sourire qui ne quitte pas, d'ordinaire, ses lèvres.

Entre M. Germain Laronce, frère de la précédente ; petit homme poussiéreux, chafouin, blondasse ; barbe en pointe, mal tenue ; lunettes.

LARONCE, *après avoir fermé la porte.*

Où en es-tu ?

MADAME RAIMBEAU

Presque au bout.

LARONCE

Eh bien ?

MADAME RAIMBEAU

Avec dix mille, on tiendrait jusqu'à la fin du mois.

LARONCE

Et... à la fin du mois ?

MADAME RAIMBEAU

J'aurai les cotisations de mon *Œuvre des Sous-Off.*, de quoi aller un trimestre... Le temps de monter une affaire financière.

LARONCE, *admiratif.*

Tu ne doutes de rien !

MADAME RAIMBEAU

Au contraire, je doute de tout, sauf de moi. Peux-tu m'avoir les dix mille ?

LARONCE

Prends garde ! Tu vas taper ton frère !... Je n'ai pas un sou. Mais je vais me mettre en campagne.

MADAME RAIMBEAU

Inutile ! Tu me ferais quelque gaffe ; en ce moment, ce serait dangereux.

LARONCE

Si je tâtais Marescot ?

MADAME RAIMBEAU

Le notaire Bonacieux m'a prévenu : Marescot est à bout. Je vais écrire. Où est ton secrétaire ?

LARONCE

Il met des adresses sur des circulaires.

MADAME RAIMBEAU

Envoie-moi le phénomène.

LARONCE, *parlant dans le serpent acoustique.*

Monsieur Alfred !... Oui !... Madame vous demande. (*Il rebouche le serpent.*) A ta place, je me méfierais de monsieur Alfred... il m'a l'air d'un coquin stagiaire.

MADAME RAIMBEAU

Je préfère les coquins aux honnêtes gens... on les tient par la complicité. D'ailleurs, celui-ci ne connaît de mes opérations que le peu que j'en laisse voir.

LARONCE

Il m'a réclamé ses gages, timidement.

MADAME RAIMBEAU

Tu ne les lui payeras pas ! Ça lui apprendra à les réclamer timidement. (*On frappe.*) Entrez !

MONSIEUR ALFRED, *entre et salue. C'est un vieux jeune homme, plutôt correct, quoique râpé. Il a la figure glabre, et un début de calvitie. Certains plis inquiétants, aux tempes, au front et aux joues, annoncent des vices mal spécifiés.*

MADAME RAIMBEAU

Approchez, monsieur Alfred. Nous sommes très contents de vous. Monsieur Laronce me faisait votre éloge à l'instant.

MONSIEUR ALFRED

Monsieur Laronce est trop bon...

MADAME RAIMBEAU

Nullement ! Il vous rend justice, voilà tout. Nous chercherons un moyen de vous intéresser à nos entreprises d'une façon plus intime.

MONSIEUR ALFRED, *naïf.*

Que de bontés !

MADAME RAIMBEAU

L'occasion est proche : j'ai reçu une lettre ce matin. On m'annonce que le pauvre général est très bas. (*Coup d'œil ému au portrait.*) Il va passer d'un moment à l'autre... Je ne vous en dis pas plus...

MONSIEUR ALFRED, *timide.*

Alors... les cinq mois d'arriéré qu'on me doit...

MADAME RAIMBEAU, *indignée.*

Comment ? On vous doit cinq mois !

MONSIEUR ALFRED

Cela fait environ mille francs, et...

MADAME RAIMBEAU, *amicalement.*

Oh ! monsieur Alfred ! Pourquoi ne l'avez-vous pas dit plus tôt !

MONSIEUR ALFRED

Pardon ! Je l'ai dit plus tôt, en effet.

MADAME RAIMBEAU, *tout miel.*

Rassurez-vous, on vous payera.

MONSIEUR ALFRED, *doucement entêté.*

Quand ?

LARONCE, *intervenant.*

Il me semble, monsieur, que vous le prenez...

MADAME RAIMBEAU, *lui coupant la parole.*

Mon ami, monsieur Alfred a raison de réclamer ; laissez-moi discuter avec lui ; nous nous entendrons.

MONSIEUR ALFRED, *calme.*

J'en suis sûr d'avance. (*Laronce sort, de mauvaise grâce.*)

MADAME RAIMBEAU

Monsieur, je ne voulais pas l'avouer devant mon cher frère ; nous traversons un petit moment d'ennui ; les fermages rentrent mal, nos fonds sont dehors ; les affaires étant déplorables, je suis forcée de patienter.

MONSIEUR ALFRED

Sans doute.

MADAME RAIMBEAU

Ce moment de gêne ne durera pas ; je vais vous apprendre une grande nouvelle ; mon tuteur, le général Lardillon de Laboucle de Monbissac est à l'agonie.

MONSIEUR ALFRED

Est-il possible !

MADAME RAIMBEAU

Vous savez que le général, mon tuteur, a rendu à la cour d'Espagne d'immenses services ; on lui donna, pour le récompenser, tout un territoire, à la Havane. Les plantations l'ont enrichi follement ; c'est un homme qui ne sait pas le chiffre de sa fortune.

MONSIEUR ALFRED

Elle est colossale ?

MADAME RAIMBEAU

C'est à donner le vertige. Or, je suis la seule parente du général et, de plus, son enfant d'adoption. Il a tenu à me montrer son testament avant de le remettre au notaire Bonacieux. Il n'avait pas menti lorsque, le jour de mon mariage, il dit à feu monsieur Raimbeau, en me montrant : « L'enfant sera milliardaire ! »

MONSIEUR ALFRED

Et cette fortune, vous allez enfin la toucher ?

MADAME RAIMBEAU

Mon pauvre tuteur a longtemps traîné; nous avions escompté cet héritage, nous

IL ME SEMBLE, MONSIEUR, QUE VOUS LE PRENEZ...

nous sommes endettés. Mais, cette fois, il n'y a pas à s'y tromper !... J'attends un télégramme d'une minute à l'autre... Qu'est-ce que vous cherchez ?

MONSIEUR ALFRED

Mon podomètre.

MADAME RAIMBEAU, *surprise.*

Pourquoi ?

MONSIEUR ALFRED

Pour voir combien de temps vous avez marché.

MADAME RAIMBEAU

Que signifie cette plaisanterie ?

MONSIEUR ALFRED, *goguenard.*

Chère madame, j'ai voulu me faire raconter l'histoire du général, pour mon plaisir, mais je sais parfaitement à quoi m'en tenir là-dessus : le général Lardillon n'a jamais existé.

MADAME RAIMBEAU, *inquiète.*

Devenez-vous fou, monsieur ?

MONSIEUR ALFRED

Le général est un être imaginaire, surnaturel, dont vous avez enrichi notre mythologie ; vous avez monté aux Parisiens le plus beau cuirassé de leur flotte, le monitor *l'Héritage.* Des gens qui ne me prêteraient pas vingt sous vous ont prêté sur l'héritage des centaines de mille francs ; ça dure depuis dix ans, quinze ans. Le général est à la veille de passer ; on prête, et le lendemain le général se porte mieux. Il n'y a pas à dire : c'était pas mal bibeloté ; et je m'y connais : j'ai joué la comédie en province ! Pourtant j'ai failli être embarqué, comme les frères ; seulement, un jour que j'écoutais aux portes, sans penser à mal, j'ai saisi quelques mots. J'ai mené ma petite enquête.

MADAME RAIMBEAU

Monsieur, ma patience est à bout.

MONSIEUR ALFRED

Attendez ! d'autres que moi ont été aussi curieux ; je vous préviens, ça craque ; je demande à être débarqué.

MADAME RAIMBEAU

Qu'est-ce que ce langage ? Qu'est-ce qui craque ?

MONSIEUR ALFRED

La misloque ; on s'inquiète ; les journaux causent ; on se demande : « Où est le général ? » de là à se demander : « Y a-t-il un général ? » il n'y a que la rue à traverser. Et ce jour-là, je préférerais ne pas être dans votre maison. Rien de plus sot pour un subalterne que de payer pour des fantaisies dont il n'a pas profité. Donnez-moi mes mille balles, plus une légère indemnité, et je pars sans faire de fanfare.

MADAME RAIMBEAU

Sinon ?

MONSIEUR ALFRED

Sinon, le cher général que l'on ne voit pas et qui meurt depuis dix ans, ne mourra que de ma main ; j'irai parler du pays à diverses personnes de votre connaissance, à monsieur Marescot, par exemple, qui valse de six cent mille et qui perd patience.

MADAME RAIMBEAU, *très calme.*

Monsieur Alfred, vous êtes un peu jeunet ; cela vous excuse ; pour supposer que l'on me fasse aussi aisément chanter, il faut que vous ne m'ayez pas regardée de profil. Eh bien ! je vais vous mettre à l'aise : oui, monsieur Alfred, vous avez raison, le général n'existe pas ! Mais je vous défie de le prouver, surtout aux gens qui m'ont prêté six cent mille francs. Là-dessus, mon petit ami, allez écouter à d'autres portes et racontez ce qu'il vous plaira.

MONSIEUR ALFRED, *épaté.*

A la bonne heure! Vous êtes rudement forte, vous! (*Geste de madame*

CE MONSIEUR INSISTE POUR ÊTRE REÇU.

Raimbeau indiquant la sortie.) Je m'en vais... Toutefois, je vous montrerai que, moi aussi, je peux *y faire* avec vous!

Il sort. Madame Raimbeau réfléchit quelques minutes, puis hausse les épaules et reprend ses comptes. Le fatalisme, qui est la religion des fripouilles, leur interdit de se tracasser. On frappe.

UN VALET DE PIED, *avec une carte.*

Ce monsieur insiste pour être reçu.

MADAME RAIMBEAU, *lisant.*

Marescot? Ah! c'est le jour!... Je le recevrai. (*Le valet de pied sort.*) Que vais-je lui dire, à celui-là!

Paraît M. Marescot, gros homme à fortes moustaches, haut en couleur; redingote et pas de gants, canne d'ivoire jauni.

MONSIEUR MARESCOT

Madame, je vous salue bien!

MADAME RAIMBEAU

Asseyez-vous, Marescot, je devine ce qui vous amène: nous avons un compte en souffrance. Mais vous tombez mal! Le pauvre général a eu une attaque la nuit dernière et nous craignons que cette fois il n'y reste! Il ne sort pas du coma, et nous avons passé la journée dans une inquiétude... Je le disais à madame Burette, la femme du ministre de l'Agriculture, qui sort d'ici: « Ne me parlez pas de cette fortune! Je la donnerais pour conserver mon bienfaiteur! » (*Coup d'œil ému au portrait du général.*)

MARESCOT, *sec.*

Madame, vous savez ce que l'on prétend?

MADAME RAIMBEAU

Non!

MARESCOT

On prétend qu'il n'y a pas de général!

MADAME RAIMBEAU, *riant.*

Encore une fantaisie de ces humoristes !

MARESCOT, *tendant un journal.*

Ce journal l'affirme, en toutes lettres, et il insinue que nous sommes victimes de manœuvres inqualifiables.

MADAME RAIMBEAU, *parcourant la feuille.*

Charmant ! Si le général était en état de tenir une plume, il répondrait vertement à ces drôles !

MARESCOT, *qui suit son idée.*

Pourquoi ne nous avez-vous jamais montré le général ?

MARESCOT.

MADAME RAIMBEAU

Je vous l'ai expliqué : le général est resté très longtemps à la Havane ; de retour à Paris, il est tombé malade,

3

et n'a voulu voir personne ; en outre, nous avons dû le soustraire aux persécutions d'un fils naturel qui voudrait capter l'héritage. Nous sommes tenus à la plus grande prudence.

MARESCOT, *net.*

Madame, je veux voir le général !

MADAME RAIMBEAU, *qui s'affole.*

C'est impossible, mon cher.

MARESCOT

Si vous refusez, c'est que le journal a raison ; nous sommes des poires et l'on s'est fichu de nous ! Je ne partirai pas sans avoir vu le général !

MADAME RAIMBEAU, *perdant la tête.*

Vous ne le verrez pas aujourd'hui ! Revenez demain !

MARESCOT

Non. Je verrai le général tout de suite, ou je vous flanque mon billet que je porte plainte au procureur.

MADAME RAIMBEAU

Lui raconterez-vous que vous m'avez prêté de l'argent à soixante pour cent?

MARESCOT, *furieux.*

Oui ou non, voulez-vous me montrer le général !

MADAME RAIMBEAU

Non !... Non !!... et non !!!

LARONCE, *qui vient d'entrer.*

Pourquoi non, ma sœur ? Si monsieur Marescot l'exige, nous allons le mener voir le mourant... Un joli spectacle, en vérité ! (*Madame Raimbeau contemple son frère avec ahurissement.*)

MARESCOT, *déjà radouci.*

Monsieur... on m'avait raconté...

LARONCE

Je vous supposais plus de cœur, Marescot ! Vous ! un ami de dix ans !

MARESCOT, *confus.*

Monsieur Laronce, je suis désolé d'avoir insisté !...

LARONCE, *le prenant par la main.*

Tant pis, vous verrez tout de même, cela vous servira de leçon. Suivez-moi ! (*Il entraîne Marescot au premier étage.*)

MADAME RAIMBEAU, *à son frère.*

Germain ! Tu perds la tête !

LARONCE, *à Marescot.*

Ramassez votre courage ! C'est atroce à voir.

Ils entrent dans la chambre, qui est la propre chambre de Laronce. Au bout d'une minute, Laronce reparaît sur le seuil.

LARONCE

Venez, ma sœur, le général vous réclame. (*Bas à sa sœur, en la poussant.*) Attention ! ne rigole pas !

En effet, au milieu de la pièce dont les volets sont clos, il y a, dans un fauteuil, une espèce de loque humaine qui gémit ; c'est un vieillard à longues moustaches, à crâne dénudé ; auprès de lui, sur une table, des fioles et des porcelaines ; au fond de la chambre, on entrevoit une religieuse qui travaille. Le vieillard, dans un effort douloureux, tend sa main décharnée vers madame Raimbeau.

LE VIEILLARD

Amélie... mon enfant... est-ce toi ?

— MON BIENFAITEUR !

MADAME RAIMBEAU, *entrant aussitôt dans le jeu.*

Mon bienfaiteur ! (*Elle se jette à ses pieds. Le vieillard lui palpe la tête.*)

LE VIEILLARD, *à bout de forces.*

Testament !... chez Bonacieux ! légataire universelle !... Tout... tout ! (*A voix basse, près de l'oreille de madame Raimbeau, qui reconnaît enfin Alfred.*) Eh bien ! Est-ce que je peux y faire ? (*Haut.*) Donne-moi mille francs... pour... pour... la sœur...

MADAME RAIMBEAU

Plus tard... plus tard...

LE VIEILLARD

Mille francs... tout de suite... je veux !

MARESCOT, *très ému, à Laronce.*

Tenez... donnez-lui ça ! (*Il lui donne un billet, que Laronce tend au vieillard; le général s'évanouit dessus.*)

LARONCE, *entraînant Marescot au dehors.*

Venez !

Quelques minutes plus tard, dans l'escalier.

MADAME RAIMBEAU, *s'essuyant les yeux.*

C'est atroce, n'est-ce pas ?

MARESCOT

J'en suis encore bouleversé.

MADAME RAIMBEAU

Vous êtes content, je pense !

MARESCOT

Je vous supplie de me pardonner ! J'étais si inquiet !

MADAME RAIMBEAU

Cela vous a rassuré.

MARESCOT

Complètement. (*Presque gai.*) Il ne passera pas la semaine.

MADAME RAIMBEAU

Je le crains.

MARESCOT

Moi j'en réponds ! Il n'y a plus d'huile dans la lampe.

MADAME RAIMBEAU, *en larmes.*

Mon bienfaiteur !

MARESCOT

Ne vous frappez pas, chère madame ! Cela devait arriver tôt ou tard ! On ne peut pas être et avoir été.

MADAME RAIMBEAU

Vous parlez d'or ! Mais le chagrin n'en est pas moins douloureux... d'autant plus qu'il nous prend au dépourvu.

MARESCOT

Comment ?

MADAME RAIMBEAU

Nous sommes à court d'argent ; ce surcroît de dépenses était inattendu. Enfin, nous avons du crédit !

MARESCOT

Je pense bien ! A qui vous adresserez-vous ?

MADAME RAIMBEAU

Je l'ignore... Je ne vous reconduis pas, vous connaissez le chemin ! (*Elle feint de le quitter sur le palier.*)

MARESCOT, *la retenant.*

Une seconde... Si vous avez besoin d'argent, ne suis-je pas là, moi ?

MADAME RAIMBEAU

Y pensez-vous ! Vous êtes le dernier que j'irai chercher !

MARESCOT, *piteux.*

Pour quelle raison ?

MADAME RAIMBEAU

Après la scène de tout à l'heure ? Jamais. Le général me disait : « Vous serez presque milliardaire, mon enfant. Rappelez-vous pourtant que votre vraie fortune est votre nom, car il est sans tache ! » Je ne souffrirai pas que l'on m'accuse de vilenies !

MARESCOT, *désolé.*

C'est la faute de ce journal, qui m'a monté le job. Allons, combien vous faut-il ?

MADAME RAIMBEAU, *qui tient son homme.*

Je n'accepterai rien de vous.

MARESCOT

Ferez-vous cet affront à un vieil ami ?

MADAME RAIMBEAU

Comme vous savez jouer de moi ! Vous me prenez par mon faible ! Avec trente-cinq mille francs j'aurai assez.

MARESCOT

Fichtre !

MADAME RAIMBEAU

Non ! Vous voyez que cela ne vous est pas possible !

MARESCOT, *vivement.*

Mais si ! Vous me signerez une reconnaissance de cinquante mille.

MADAME RAIMBEAU

... à valoir sur l'héritage.

MARESCOT

Bien entendu. Je passe au Crédit chercher les fonds ; et puis j'irai au journal exiger une rectification.

MADAME RAIMBEAU, *supérieure.*

A quoi bon ! Faites comme moi ! Dédaignez ces attaques. Le général prouvera son existence de la meilleure façon !

MARESCOT

... En mourant.

Il s'en va. Dès qu'il a disparu, monsieur Alfred accourt en quête de compliments.

MADAME RAIMBEAU

C'était très bien mis en scène, monsieur ! Je n'oublierai pas ce service, et vous aurez votre gratification.

MONSIEUR ALFRED

Je vous remercie, j'ai fait de mon mieux.

MADAME RAIMBEAU

Mais, à propos, quelle était la sœur de charité, qui gardait le malade ?

MONSIEUR ALFRED

Vous ne l'avez pas reconnue ? C'était le mannequin à draper de monsieur Laronce que j'avais déguisé. Ce complice-là ne bavardera pas. Enfoncés, les Crawford !

RENTRÉE AU PORT

Chez madame Javarel ; un petit salon blanc très simple, peu de meubles, mais du goût et je ne sais quelle tristesse délicate qui saisit dès l'entrée, et qui charme. Dans un casier à musique, de belles partitions ; ce sont les œuvres complètes de Claude Javarel. Sur la cheminée, il y a le portrait d'un monsieur qui sourit à la Postérité, c'est la plus récente image de Claude Javarel, celle que l'on trouve dans les vitrines de photographes entre Rostand et M. Fallières. La figure est assez fine, très jeune, trop jeune : la figure insouciante et câline de « l'amant terrible » que l'on adore, qui fait souffrir, et qui vous laisse avec le regret de l'avoir connu, le regret de l'avoir perdu.

Madame Javarel a été très, très jolie ; mais le dur métier de femme d'homme célèbre l'a trop tôt vieillie et maigrie. Ses traits se sont figés dans une moue de reproche mélancolique ; il ne reste, à madame Javarel, qu'une beauté : sa chevelure, splendide, d'un roux sombre, à la Gustave Moreau, tordue en un huit sur la nuque.

Madame Javarel n'a plus d'âge ; elle ne vieillira plus (car — on l'a souvent remarqué — à partir d'un certain moment le chagrin conserve), assise auprès de la fenêtre dans le jour doré du couchant, elle semble la statue plaintive de la Résignation.

Entre une délicieuse petite miss blonde, d'une effronterie réservée, tout à fait plaisante. Elle accompagne une fillette, Micheline Javarel, fille des précédents (quatorze ans).

MISS

Mademoiselle a fini son travail; faudrons-nous prendre une promenade ?

MADAME JAVAREL

C'est mercredi, aujourd'hui ? Non, vous mènerez Micheline au cours de musique d'ensemble.

MICHELINE, *désolée.*

Oh ! maman ! Ça m'ennuie tant !

MADAME JAVAREL

Ton père y tient. Il me l'a souvent dit !

MICHELINE

Je n'ai aucun goût pour la musique; je joue comme un piano-mécanique.

MADAME JAVAREL

Je te répète que c'est le désir de ton père.

MICHELINE

Alors, que n'est-il là, pour me l'ordonner ?

MADAME JAVAREL, *gênée.*

Il est en voyage.

MICHELINE

En voyage ? depuis un an ? Je sais bien que ce n'est pas vrai. Germaine me l'a dit, il y a un mois, au cours.

MADAME JAVAREL, *vivement.*

Que t'a-t-elle dit ?

MICHELINE, *intimidée.*

Rien, maman... rien... Je vais à la musique d'ensemble! (*Elle embrasse longuement sa mère. Tout bas.*) Pardon.

Entre une grosse dame, molle, exsangue, et quelconque, comme toutes les grosses dames, et, bien entendu, vêtue de violet ; c'est madame Sermoise. Elle humecte d'un baiser le front de Micheline, qui s'en va, puis humecte d'un autre baiser la joue droite de madame Javarel, enfin s'effondre dans une bergère dont l'épais coussin se dégonfle peu à peu ; en sorte que madame Sermoise a l'air de rentrer en elle-même.

MADAME SERMOISE

Comme elle grandit, cette petite Micheline !

MADAME JAVAREL

Mais non ! Elle maigrit, voilà tout ; elle n'est plus poupon.

MADAME SERMOISE

Dans trois ans, on pensera sans doute à la marier.

MADAME JAVAREL

La malheureuse ! Dire qu'il y a quelque part un petit jeune homme, pas encore bachelier, et qui se prépare à la faire souffrir pour le restant de ses jours.

MADAME SERMOISE

Préférez-vous qu'elle reste fille ?

MADAME JAVAREL

Certes. Elle n'aurait qu'à tomber sur un homme comme... (*Elle s'arrête.*) comme bien d'autres.

MADAME SERMOISE

Mon Dieu, tous les hommes ont leurs défauts...

MADAME JAVAREL

Mais c'est nous qui en souffrons.

MADAME SERMOISE

Pourquoi avez-vous épousé un homme de talent ?

MADAME JAVAREL

Je savais bien qu'il fallait acheter le bonheur d'être madame Javarel ; j'étais prévenue. On plaisante les bourgeois parce qu'ils ont horreur des artistes ; ce n'est, de leur part, que du pressentiment. Mère m'avait dit : « Ma pauvre enfant ! Épouse donc un simple mufle ; personne ne te le prendra ! »

MADAME SERMOISE

On vous donne d'ordinaire ces conseils-là quand il n'est plus temps de les suivre.

MADAME JAVAREL

Et vous voyez le résultat : mon mari s'est sauvé, il y a bientôt un an, avec cette femme. Deux lignes sur un bout de papier : « Ne m'attends pas ce soir ; je pars en voyage ; je ne sais quand je rentrerai... Je t'embrasse. » Et depuis, pas un mot ; j'ai appris qu'il avait visité toute l'Europe, en compagnie de l'autre. Pas une fois, il n'a eu l'idée de s'enquérir de moi ; il n'a pas même écrit à la petite. Où est-il ?

MADAME SERMOISE, *avec hésitation.*

Il vient de rentrer à Paris. (*Un temps.*) Il est seul.

MADAME JAVAREL

Ah ! Et... l'autre ?

MADAME SERMOISE

Elle l'a quitté ; ç'a été tout un drame, au Caire ; il a failli se tuer. On l'a ramené, très gravement malade, à Cannes... puis à Paris, où il s'est un peu remis.

MADAME JAVAREL

Comment savez-vous cela ?... Vous l'avez vu ?...

MADAME SERMOISE, *embarrassée.*

Oui... je l'ai rencontré.

MADAME JAVAREL, *nette.*

Non... vous ne l'avez pas rencontré. Il est venu chez vous !...

MADAME SERMOISE

C'est la même chose...

MADAME JAVAREL

Et il vous envoie, pour tâter le terrain, n'est-ce pas ? Pour voir si je suis à point, et s'il peut rentrer ?

MADAME SERMOISE

Mon enfant, réfléchissez ! Il est coupable, sans doute, très coupable.

MADAME JAVAREL

Croyez-vous ?

MADAME SERMOISE

Cependant, il a été si malheureux ! Il a tant pleuré ! Il regrette le mal qu'il vous a fait... il vous supplie de lui pardonner.

MADAME JAVAREL

Et de le recevoir, n'est-ce pas ! Ça, jamais ! Vous ne connaissez pas ma vie ! Il ne vous a pas raconté ce qu'il m'a forcée de supporter, depuis quinze ans, car cela n'a pas traîné, allez ! dès le lendemain de mon mariage, j'étais avertie ! Figurez-vous que j'étais jalouse, absurdement jalouse ! On m'avait appris une partie de son passé ; je savais qu'on l'avait beaucoup aimé. « Javarel, m'avait-on dit ! Il a une maîtresse dans chaque théâtre. »

MADAME SERMOISE

Oh ! Il y a vingt théâtres à Paris !...

MADAME JAVAREL

Et dans les subventionnés, il avait deux « petites camarades » ; quand nous étions dans une salle, je voyais les actrices le reconnaître, lui faire de petits clins d'œil, et jouer pour lui ; alors j'étais fixée. Quand je le questionnais, il se défendait mal ; comme il m'aimait, il voulait que je comprisse l'étendue du cadeau qu'il me faisait.

MADAME SERMOISE

Dame ! il a eu du succès... on se l'est arraché.

MADAME JAVAREL

Je suis arrivée quand il ne restait plus qu'une loque. Six mois après, il a commencé à me tromper ; je jurerais que je puis préciser le jour ; c'était un jeudi de Pâques. Depuis quelque temps, il était distrait, ennuyé, il avait commencé les répétitions de son opéra, *les Amants magnifiques* ; il rentrait tard, il parlait peu. Ce jeudi-là, par contre, il est rentré tout à fait gai, heureux, bavard ; allez, je sais ce qu'elle signifie, cette gaieté-là. Chaque fois elle m'a glacée ; c'est avec cette gaieté de commande qu'il cherche à m'étourdir, tandis qu'il ment. Puis, il s'est mis au travail ; tenez, encore un signe ; jamais il ne travaille mieux que quand il revient de chez une maîtresse ;

IL S'EST MIS AU TRAVAIL...

il en rapporte une espèce de fièvre qui le pousse à écrire des pages et des pages de musique. Et le meilleur de son œuvre, il l'a composé ainsi, dans l'énervement et dans la fatigue des soirs d'amour.

MADAME SERMOISE

Les artistes sont des êtres à part.

MADAME JAVAREL

Ils ne laissent rien perdre : joie ou douleur, il faut que ça serve, ou plutôt que ça resserve. J'ai commencé mon apprentissage de lâcheté ; j'ai feint de ne rien voir, les toilettes trop soignées au retour de ces journées, la raie impeccable ; de ne pas sentir ces parfums étrangers. Chaque fois, il m'embrassait ; — le baiser de contrition ; — et c'est cela que je ne saurais lui pardonner : cette hypocrisie que je ne lui demandais pas.

MADAME SERMOISE

Ah ! si on ôtait de la vie tous les mensonges inutiles !...

MADAME JAVAREL

Claude s'est aperçu du sacrifice. Il a compris que je savais la vérité. D'abord, il a été honteux ; j'ai cru que je le reprenais.

MADAME SERMOISE

Au fond, il est plutôt bon.

MADAME JAVAREL

Oui, quand ça ne lui coûte rien ; les hommes ne sont méchants que lorsqu'ils ne peuvent pas faire autrement. Ensuite le naturel revient, ventre à terre. Alors mon mari ne s'est plus gêné ; il n'a plus donné de prétexte aux retards, aux absences. J'ai essayé des reproches : il n'était plus temps. Au lieu de s'excuser, il me rembarrait, parce que cela va plus vite.

MADAME SERMOISE

Pourquoi n'avez-vous pas divorcé ?

MADAME JAVAREL

Je ne pouvais pas... à cause de Micheline... Et puis... et puis, je l'aimais encore, lui. Pour garder de lui le peu qu'il me donnait, j'étais décidée à tout. On m'avertissait : « Votre mari s'affiche avec telle personne... on ne rencontre qu'eux au Bois, en voiture... on les a vus dans tel théâtre. » Et comme je ne voulais pas écouter, c'est à moi qu'on s'en prenait : « Vous avez une tolérance étrange !... Vous souffrez cela ? » Je le souffrais et j'en souffrais.

MADAME SERMOISE

Que voulez-vous ! Il n'y a que la première peine qui coûte.

MADAME JAVAREL

C'est vrai... on est bientôt gagnée par le vertige du chagrin ; il y a un plaisir spécial à dépasser son malheur. A ce compte, j'ai été comblée, car... je n'ai pas osé vous l'avouer... ce n'est pas la première fois que Claude me quitte ainsi...

MADAME SERMOISE, *curieuse.*

Bah ! Je l'ignorais...

MADAME JAVAREL, *souriant.*

Et c'est étonnant ! Tous nos secrets de ménage courent les rues ; on est averti des moindres frasques de Claude, et chaque fois qu'il me trompe, on en avise le public par les courriers de théâtre. Nous vivons en plein air, ouvertement, comme des gens qui ont

VOTRE MARI S'AFFICHE...

tout à se reprocher. Pourtant j'ai essayé de déjouer cette curiosité. Quand Claude est parti avec Paulette Lescar, je me suis cachée, après avoir confié Micheline à maman... On a cru que je voyageais avec mon mari. Durant un mois, je suis restée seule, dans une pension de famille, et je vous jure que j'ai réfléchi pour le restant de ma vie ; j'ai vu que j'avais été dupe de mon dévouement, que j'avais, par faiblesse, gâché ma vie et la sienne.

MADAME SERMOISE

Oh ! la sienne !

MADAME JAVAREL

Et la sienne ! Les êtres tels que lui sont prisonniers dans la vie de ménage ; il faut avoir une âme très haute pour n'aimer qu'une seule femme et mener une vie simple. La complication ne convient qu'aux hommes légers. Et j'ai pris la résolution de me séparer de Claude.

MADAME SERMOISE

Toutefois, vous avez pardonné.

MADAME JAVAREL

Il a bien fallu ; un soir, j'ai reçu ce télégramme : « Préparer feu dans cabinet travail. Rentrerai demain midi. »

MADAME SERMOISE

Quel aplomb !

MADAME JAVAREL

Ce n'était pas de l'aplomb, mais de l'inconscience. A l'heure dite, il est arrivé ; j'allais le chasser ; il était si triste, si lamentable, que je n'ai rien pu lui dire. Il a pleuré longtemps... il pleure aussi longtemps qu'il veut. Les hommes à femmes prennent aux femmes tous leurs trucs et réussissent l'émotion aussi bien qu'elles. Il était, du reste, sincère ; il me plaignait, il pleurait sur lui, sur moi, indistinctement. Je n'avais même pas de pitié, à peine du mépris indulgent. Il est resté.

MADAME SERMOISE

Regrettez-vous d'avoir été bonne ?

MADAME JAVAREL

Non... je regrette d'avoir été dupée une fois de plus. Nous avons eu trois semaines délicieuses, je me reprenais à l'aimer ; et j'avais peur du grand bonheur qui m'arrivait... Le mauvais cœur ! Comme il a dû s'amuser ainsi à me ressaisir, malgré ma défiance... Il semblait s'être fixé cette tâche. Jamais, même au jour des fiançailles, il n'avait été si ingénieusement tendre, si habile. J'avais beau me défendre, il me donnait de telles preuves d'amour, que j'ai fini par céder. Le résultat obtenu, il a jeté là son personnage, il est redevenu le Claude Javarel que je déteste. Il était consolé.

MADAME SERMOISE

Combien y en a-t-il d'hommes qui ne sont aimants que quand ils sont malheureux ou malades ! Ma pauvre amie, j'ai moins durement vécu que vous, mais je connais mieux la vie ; j'ai une vocation de confidente, et c'est à moi que l'on raconte tous les secrets douloureux. Ne vous imaginez pas que vous soyez privilégiée. Cependant, croyez-moi, consentez à recevoir Claude.

MADAME JAVAREL

Non.

MADAME SERMOISE

Regardez autour de vous : madame Rauleval, la femme du peintre, jamais elle n'a repoussé son mari, chaque fois que celui-ci est revenu chez elle...

MADAME JAVAREL

Oui... Et savez-vous comment on l'a surnommée ?... *le Bassin de radoub...*

MADAME SERMOISE, *indignée.*

Oh !

MADAME JAVAREL

Comment me surnommera-t-on, moi ? *Le Pied-à-terre* ?... Oh ! je devine ce que vous allez me dire : mes épreuves n'auront qu'un temps. Il y a la vieillesse qui viendra et qui efface tout ; à ce moment-là, je ne regretterai plus les sacrifices d'autrefois. Regardez-moi, ma chère amie. Je suis déjà presque une vieille femme.

MADAME SERMOISE

Quelle folie !

MADAME JAVAREL

Si... et cela ne m'ennuie pas. Lui, ne sera jamais un vieillard... il ne sera qu'un vieux jeune homme. J'ai peur qu'il n'arrive un jour où le mépris que j'ai pour lui se change en dégoût. Il paraît que c'est forcé ; les héros de roman finissent ainsi. Je ne veux pas assister à cette déchéance. Qu'il vieillisse d'abord, nous verrons ensuite.

MADAME SERMOISE

Vous n'aurez pas longtemps à attendre.

MADAME JAVAREL, *intéressée.*

Ah !... Il est changé ?

MADAME SERMOISE

C'est un homme usé, fané, maigri ; il a, comme disait madame Chevrel, « du fil à bâtir dans les cheveux ». Il se voûte un peu, et ses mains se nouent.

MADAME JAVAREL

Ses mains dont il était si fier ?

MADAME SERMOISE

Vraiment, je ne suis pas tendre pour lui, mais je n'ai pu lui tenir rancune ; et j'ai accepté cette mission... Il est chez moi... Quelle réponse dois-je lui porter ?

MADAME JAVAREL

Vous tenez absolument à ce que je commette une sottise ?

MADAME SERMOISE

Vous l'auriez commise tôt ou tard. C'est dit, je vous envoie Claude ?

MADAME JAVAREL

Oui ! Ma bonne amie, je vous admire ! Vous avez la vocation de concilier.

MADAME SERMOISE, *sortant.*

Que voulez-vous ? Ma maison fait les raccommodages !

MADAME JAVAREL, *triste, la reconduisant.*

Dites : les reprises perdues.

Revenue au salon, madame Javarel se rajuste ; il semble qu'elle rajeunisse à vue d'œil. Elle se recoiffe, s'adoucit le visage ; ce n'est plus la même femme. Au bout d'une demi-heure, on sonne, et Claude Javarel entre. Il a l'air d'être le père du fringant monsieur, dont on voit le portrait sur la cheminée. Au premier moment, madame Javarel a l'affreuse jalousie de ce désastre qu'elle n'a pas causé... il y a une minute d'hésitation.

CLAUDE, *encore sur le seuil.*

Louise... veux-tu me recevoir ?

MADAME JAVAREL, *allant à lui et lui tendant le front.*

Viens !... ne me parle de rien... Je ne veux rien connaître ; je te pardonne, et cela suffit.

CLAUDE

Jamais plus je ne te ferai de peine... j'ai horreur de moi. Je commence une autre vie.

MADAME JAVAREL

Ne t'engage pas trop vite !

CLAUDE, *près d'elle.*

Je suis sûr de moi, va ; je te reviens guéri. La leçon a été rude...

MADAME JAVAREL

Crois-tu ?

CLAUDE

Si je te racontais...

MADAME JAVAREL, *lui coupant la parole.*

Ne raconte pas !... (*Le regardant.*) Est-ce bien vrai, au moins, que tu es à moi désormais, à moi seule ! que je pourrai enfin être heureuse, à ma façon ?

CLAUDE

Je t'aime !

Il y a quelques instants de silence où les yeux se regardent et se pénètrent. Madame Javarel se sent envahie d'un bonheur trop fort. Du bruit dans l'antichambre.

MADAME JAVAREL

C'est Micheline qui revient du cours d'ensemble.

CLAUDE

Ma petite Miche !

MICHELINE, *entrant, stupéfaite.*

Papa !

MISS.

CLAUDE

Tu m'embrasses ? (*Micheline s'approche craintive.*) Je rentre de voyage à l'instant... As-tu fait des progrès au piano !

MICHELINE

Un peu... je joue ton *Opus* 62... la sonate.

CLAUDE, *ravi et tout à fait père bourgeois.*

Et tu fais le passage du pouce ?... A la bonne heure ! Nous entendrons ça après le dîner.

MISS, *entrant.*

Madame, la couturière porte le bleu jupon de mademoiselle. (*Apercevant Javarel.*) Ah !...

Elle salue, en coulant sournoisement un regard admiratif ! Et soudain Javarel se transforme, se cambre ; le nez se pince ; il redevient tout à coup le Claude Javarel du portrait. Madame Javarel, qui a surpris cette métamorphose, manque de défaillir ; elle se reprend un peu. Miss sort à la suite de Micheline.

CLAUDE, *d'un ton détaché.*

C'est la nouvelle miss ?

MADAME JAVAREL

Oui.

CLAUDE

Elle paraît très bien, cette jeune fille.

MADAME JAVAREL, *navrée.*

Très bien... (*Un temps.*) Est-ce la peine de défaire tes malles ?

RENTRÉE DE CUIVRES

La salle du Théâtre des Soufflles-Parisiens. Il est dix heures : la salle est bondée. A l'orchestre, au balcon, dans les loges, partout de la « peau de luxe » et du joyeux boulevardier. Les spectateurs ont de bonnes figures heureuses, comme il sied à des gens qui sont en train de prendre un réconfortant bain de sottise.

L'opérette, *la Grue d'en face,* — livret de MM. Battant et Tivé, musique de César Bontemps, costumes de Leboif, décors de Machin, trucs de Chose, luminaire d'Un Tel, publicité de..., etc., etc., — attire toutes les personnes soucieuses de ne point penser en digérant ; aussi refuse-t-on du monde.

L'ouverture vient de finir ; la toile se lève sur le « Chœur des garçons de café » ; à l'orchestre, le Trombone termine son accompagnement. C'est un homme d'une quarantaine d'années, sec comme une trique ; une longue face rugueuse, rasée, ornée d'yeux de couleur indécise ; la peau, à gros grains, plisse autour de la pomme d'Adam ; le front dégarni est couvert d'une sorte de moisissure de cheveux. A coups précis, l'instrumentiste allonge ou rentre le grand *U* de son trombone, qu'il semble avaler : il est résigné au ridicule de cet exercice.

Près de lui, la Trompette, petit monsieur jovial et imberbe, joue allègrement, et marque la mesure en balançant la tête. Le chœur cesse.

LE TROMBONE, *s'essuyant les lèvres.*

Là ! En voilà pour trente minutes de tranquillité.

LA TROMPETTE

Vous n'avez rien dans le deuxième acte?

LE TROMBONE, *égouttant soigneusement son U.*

Non, cet idiot de Bontemps ne sait pas écrire pour les cuivres ; il s'en sert le moins possible ; ça écraserait sa musiquaille. Je n'ai plus qu'une rentrée, au final. Et vous ?

LA TROMPETTE

Moi, je n'ai pas grand'chose non plus... De temps en temps, un petit *tagada, tagada* aux refrains.

LE TROMBONE, *pendant son instrument le long du pupitre.*

Ah ! c'est du propre ! Et c'est ça qui fait de l'argent ! Non, c'est à hausser les épaules plus haut que la tête...

LA TROMPETTE

Le succès, ça ne se discute pas ! Bontemps a la veine...

LE TROMBONE

Une veine de cocu, qu'il est !...

LA TROMPETTE, *intéressée.*

Ah ? Il est ?...

LE TROMBONE

Cocu ? Comme le roi de carreau ! Il a épousé une petite figurante, qui lui en fait voir.

LA TROMPETTE, *indignée.*

Comment ? Elle lui fait voir ça ?

LE TROMBONE

Mais non... c'est une façon de parler... elle le cocufie à l'heure et à la course.

LA TROMPETTE

Elle a tort...

LE TROMBONE

Elle a raison ! Quand un homme commet de la musique pareille, il mérite tous les malheurs. (*Un temps.*) Encore, si elle était de lui, sa musique !

LA TROMPETTE

Bah ! De qui est-elle ?

LE TROMBONE

Est-ce que je sais ! De tout le monde. De vous, peut-être !

LA TROMPETTE

Merci... Très peu, pour moi.

LE TROMBONE

On m'affirme qu'il y a un tas de petits jeunes gens qui triment au profit de Bontemps, qui les laisse crever de faim... Chouette, voilà Chambozat, la clarinette, qui fait un couac.

LA TROMPETTE

C'est pourtant un bon instrumentiste.

LE TROMBONE

Sans doute qu'il aura encore reçu une lettre anonyme sur sa grue de femme, tantôt.

LA TROMPETTE

Sa femme ?... Celle qui joue la demoiselle de magasin ?

LE TROMBONE

Oui... Elle le fait cocu avec Bonnard, le chef d'orchestre, et c'est justice ! On n'est pas bête comme cette clarinette ! Il ne voit pas les yeux blancs qu'elle roule à Bonnard... Encore un qui a une bonne tête de mari trompé.

LA TROMPETTE, *surprise.*

Hein ! Bonnard aussi ?

LE TROMBONE

Vous ne le saviez pas ? Ça se voit pourtant comme le nez au milieu du visage ! C'est à sa femme que Bonnard doit d'être chef ici. La petite madame Bonnard s'amène tous les samedis, en cachette, dans le bureau de Langrogne, notre cher directeur, et mon Langrogne n'y est plus pour personne, sauf pour qui s'envoie tous les ténors, à croire que c'est dans leur engagement.

LA TROMPETTE

Langrogne est...

LE TROMBONE, *achevant.*

Cocu, comme les frères, comme Battant et Tivé, les deux sinistres goîtreux qui ont pondu cette opérette pour le Valais. Si j'avais autant de pièces de cent sous que j'ai vu de fois madame Battant sortir des

IL NE VOIT PAS LES YEUX BLANCS QU'ELLE ROULE A BONNARD...

hôtels garnis environnants, je pourrais me retirer des affaires! Quant à madame Tivé, elle débauche ses cochers, ça ne sort pas de la maison...

LA TROMPETTE, *aimable.*

Vous n'avez plus faim ?

le médecin de service, quand la congestion se sera mise de la fête.

LA TROMPETTE

Tiens, je croyais Langrogne marié !

LE TROMBONE

Oui... avec une ancienne charcutière,

LE TROMBONE

Est-ce que vous voudriez insinuer par là que j'ai un fichu caractère ?

LANGROGNE N'Y EST PLUS POUR PERSONNE...

LA TROMPETTE

Dieu m'en garde !

LE TROMBONE

Je sais bien ce qu'on pense de moi, allez ! Derrière mon dos, on me traite de rosse, parce que je ne sais pas m'incliner devant tous ces guignols, parce que j'ai dit à Michon, le premier comique, le chéri du patron, que quand on était cocu comme lui, on ne se montrait pas.

LA TROMPETTE

Michon aussi !

LE TROMBONE

Non ! Une paille ! Sa femme est la consolation des tournées ; il ferme les yeux parce que ça lui rapporte. Et c'est encore le moins malpropre de la troupe.

LA TROMPETTE

Vous me terrifiez.

LE TROMBONE

Je suis un honnête homme, voilà tout. J'ai horreur du mensonge, de la tromperie. On ne me refera pas, il est trop tard. Voyez-vous...

LA TROMPETTE, *précipitamment.*

Attendez !... (*Il se jette sur son instrument et pousse quelques petits* tagada, tagada, *hâtifs. Puis il raccroche sa trompette.*) Là, c'est fini. Vous disiez ?...

LE TROMBONE

Je ne me rappelle plus.

LA TROMPETTE

La salle est belle, ce soir. De jolies toilettes...

LE TROMBONE

Peuh ! la moitié de ça n'est pas payé !

LA TROMPETTE

Et puis, il y a de la... hanche, si j'ose dire !

PARCE QUE J'AI DIT A MICHON, LE PREMIER COMIQUE...

LE TROMBONE

Oui !... A combien la brème ! Les plus grues ne sont pas celles qui en font métier.

LA TROMPETTE

Oh ! La délicieuse personne en mauve

C'EST L'*Archiduc-Réclame.*

pâle !... Mâtin ! Je ne plains pas le monsieur qui est près d'elle...

LE TROMBONE

C'est son mari, le fameux vicomte d'Escoublaque.

LA TROMPETTE

Est-ce qu'il est aussi... ce que sont les autres ?

LE TROMBONE

Cocu ? Mon bon, c'est le Syndic ! Il mène un train de cent mille francs, il n'a pas un sou ; et c'est madame qui apporte l'argent à la maison.

LA TROMPETTE

Vous êtes rudement bien renseigné !

LE TROMBONE, *modeste.*

Certes ! il y a vingt ans que j'avale ma coulisse ici, j'en ai vu des salles ! Les femmes qui viennent avec leurs maris dans l'avant-scène, et qui reviennent ensuite avec leurs amants, le lendemain, dans les baignoires.

LA TROMPETTE

Allons donc !

LE TROMBONE

Mon bon, c'est à cela que l'on reconnaît le succès d'une pièce : quand les femmes du monde y retournent en compagnie de leurs gigolos.

LA TROMPETTE

Mais ce grand monsieur, dans l'avant-scène, tout rougeaud, avec des favoris blancs : je le connais...

LE TROMBONE

Un peu ! C'est le grand-duc Ernest, l'*Archiduc-Réclame*, comme on l'appelle dans les coulisses ; dès que la recette commence à baisser, lorsqu'on a épuisé tous les trucs des courriers de théâtre, on envoie une loge à Ernest ; il vient. Et le lendemain, on lit dans les journaux que S. A. R. Ernest est venu avec sa suite et s'est beaucoup amusé ! Grâce à ce subterfuge, Ernest entre partout, à l'œil.

LA TROMPETTE

On pourrait économiser la loge et mettre la réclame.

LE TROMBONE

On a essayé ; mais, le lendemain, Ernest exigeait son coupon en menaçant de démentir. Il a fallu s'exécuter.

LA TROMPETTE

J'espère que celui-là n'en porte pas !

LE TROMBONE

Si fait : il ne peut pas garder un chambellan. La grande-duchesse les lui souffle tous.

LA TROMPETTE, *au comble de la surprise.*

Comment ! Même celui-là !

LE TROMBONE

Il n'y coupe pas non plus... Voyez-vous, tous les hommes sont cocus, plus ou moins, mais tôt ou tard.

LA TROMPETTE, *doucement.*

Tous les hommes ! C'est beaucoup.

LE TROMBONE

Je le répète : tous. Vous n'avez peut-être pas la prétention d'être moins exposé que le grand-duc ?...

LA TROMPETTE

Si !... Je ne suis pas marié.

LE TROMBONE

Ce n'est pas une raison.

LA TROMPETTE

Et de plus, je... (*Il glisse le reste de la phrase tout bas, dans l'oreille de son interlocuteur.*)

LE TROMBONE, *convaincu.*

Ah ! alors !... Et encore, ce ne serait tout de même pas un empêchement ! Tout le monde y passe : petits, grands, jeunes, vieux, gras, maigres, forts, faibles...

LA TROMPETTE

Et vous ?

LE TROMBONE, *emporté par le raisonnement.*

Moi, comme les autres !...

LA TROMPETTE, *égayée.*

Tiens ! tiens ! Vous l'avez été ?

LE TROMBONE

Je l'ai été à moi seul autant que tout l'orchestre réuni ! Autant que le vicomte ! autant que le grand-duc ! Et je n'en suis pas plus fier pour ça !

LA TROMPETTE

J'ignorais que vous eussiez été marié !

LE TROMBONE

Je n'ai jamais cessé de l'être, et c'est ce qui m'enrage : je ne peux pas faire prononcer le divorce !

LA TROMPETTE

Votre femme s'y oppose ?

LE TROMBONE

Elle s'arrange pour qu'il n'y ait pas moyen. Vous allez comprendre. Je me suis marié quand je suis sorti du Conservatoire ; j'avais un premier prix de trombone ; vous pensez si j'étais heureux ! Je me croyais arrivé ! Engagé à l'Opéra, j'avais une belle position ; j'écrivais aussi des rêveries, des concertos, des impromptus pour l'instrument. Cela me rapportait. On s'ingénia de toutes parts à me trouver une femme.

LA TROMPETTE

Lorsque l'on exerce notre métier,

on ne doit pas se marier ; on laisse trop de part à l'imprévu. Et vous, avec vos idées !...

LE TROMBONE

Je ne les avais pas encore, mes idées ! J'étais le plus naïf, le plus confiant des hommes. Je ne pouvais pas supposer qu'un prix du Conservatoire pût être trompé ! Maintenant encore, cela me paraît surprenant, contre nature !

LA TROMPETTE

Votre femme était jolie ?

LE TROMBONE

Rien de trop. A vrai dire, je ne l'ai jamais beaucoup regardée. Elle avait la beauté du diable ; et puis, une femme qui veut tromper son mari n'a pas besoin d'être jolie. Il lui suffit d'aguicher les hommes. Bref, je consens à me marier. On me présente ma future femme comme une jeune personne de grand mérite, qui avait étudié !...

LA TROMPETTE

Elle était dans l'enseignement ?

LE TROMBONE

Pas tout à fait ; elle avait étudié pour être sage-femme. Comme ses parents avaient hérité, on ne jugeait pas utile qu'elle exerçât. Moi, ça me plaisait d'avoir pour femme une sage-femme ; c'est flatteur. Et je comptais sur elle pour m'égayer l'existence.

LA TROMPETTE

Vous n'aviez jamais eu de maîtresse ?

LE TROMBONE

Très peu. Des femmes de rencontre... et puis, une jongleuse qui était assez encombrante. Au restaurant, elle faisait de l'équilibre avec les assiettes, les verres, les couteaux pour s'entretenir la main. On nous remarquait. Bon, je reviens à ma femme. J'aurais dû me méfier ; elle avait l'air de ne pas avoir froid aux yeux...

LA TROMPETTE

Les yeux, ce ne serait encore rien !

LE TROMBONE

Oui... Des amis m'avaient prévenu (du reste, aussitôt après mon mariage, ils ont été les plus enragés à me cocufier). Moi, j'ai passé outre, comme un idiot ; le soir du mariage, tout se passe bien ; nous faisons un voyage de noces, pas loin de Paris, à Bécon-les-Bruyères ; on était heureux !

LA TROMPETTE

Passez le bonheur... arrivons à ce que vous savez !

LE TROMBONE

Il a été vite passé le bonheur ! Il faut vous dire que, comme tous les artistes, je méprisais l'amour qui amoindrit l'homme et le rend incapable de grandes œuvres.

LA TROMPETTE

Vous avez négligé votre femme ?

LE TROMBONE

J'ai dû reprendre mes occupations ; on me réclamait à l'Opéra. C'est à partir de ce moment-là que ma femme s'est éparpillée. Chaque fois que je rentrais, je me croisais dans l'escalier avec un monsieur qui sortait. Comme je questionnais la concierge, la vieille canaille, qui était de mèche avec ma femme, me répondit que c'était un locataire qui travaillait aux Halles. En arrivant chez moi, je ne manquais pas de raconter à ma femme que j'avais rencontré ce jeune homme des Halles... A-t-elle dû se payer ma figure ! Seulement, où j'ai soupçonné la frime, c'est quand ce jeune homme blond a changé, le même. Là-dessus, je quitte l'Opéra, où je n'étais pas compris. Je m'engage au Moulin-Rouge ; ça me faisait rentrer plus tard.

LA TROMPETTE

Votre femme a dû être ravie !

UNE JONGLEUSE QUI ÉTAIT ASSEZ ENCOMBRANTE.

est devenu un grand brun barbu, puis un petiot roux. A la longue, j'ai pris l'éveil. Je n'ai plus rencontré personne.

LA TROMPETTE

On partait avant votre retour...

LE TROMBONE

Ou après ; le résultat était toujours

LE TROMBONE

C'est probable. Je ne rappliquais qu'à deux heures du matin. Ma femme, sur ces entrefaites, me propose de reprendre son ancien métier de sage-femme, qui est lucratif. Je n'y vois pas d'inconvénient : ses collègues gagnent

ELLE ME RÉPONDAIT QUE C'ÉTAIT UN LOCATAIRE QUI TRAVAILLAIT AUX HALLES.

jusqu'à vingt francs par jour et nourries. Tout de suite, elle trouve une clientèle ; j'aurais dû me méfier. Le premier jour, elle m'annonce qu'elle a trouvé un accouchement à surveiller, chez le comte de Montsoult-Maffliers, rue de l'Université ; elle ajoute : « Mon pauvre chéri, je serai obligée de veiller la comtesse, parce que ça se présente mal ; mais demain après-midi je tâcherai de m'échapper pour t'embrasser. » Le lendemain, elle arrive, comme elle avait promis ; elle était un peu pâlotte.

LA TROMPETTE

Aïe !

LE TROMBONE

Elle me raconte que la comtesse a mis au monde un gros garçon très bien constitué, que le comte pleurait ; mais que l'enfant n'était probablement pas du comte, mais de son cousin, un lieutenant de chasseurs, toujours fourré dans la maison. Elle est restée quinze jours chez les Montsoult.

LA TROMPETTE

A un louis par jour ?

LE TROMBONE

Elle prenait un louis comme les grandes matrones. J'étais enchanté, d'autant plus que le surlendemain de son retour, il lui arrive une nouvelle garde : l'ambassadrice du Mexique était dans les douleurs ; il fallait que ma femme se rendît sans retard à l'ambassade. Nous allions nous mettre au lit ; ma chère moitié se rhabille, met quelques chemises dans un sac et s'en va. Elle est restée trois semaines, puis elle est allée chez la femme du bâtonnier Crussac et chez la générale Bozincourt. Elle n'avait pour clientes que des dames très huppées.

LA TROMPETTE

Et qui la payaient bien, cela va de soi ?

LE TROMBONE

On la couvrait d'or ; et elle me rapportait des choses inouïes sur les gens qu'elle voyait, sur les familles où elle était. J'écoutais ça avec une attention ! Cela a duré deux ans, pendant lesquels je n'ai pas eu l'ombre d'une inquiétude.

LA TROMPETTE

Comment avez-vous découvert le pot aux roses ?

LE TROMBONE

Par hasard. Ma sœur, qui était mariée depuis longtemps, devient tout à coup enceinte — pas de son mari, bien entendu ! Voilà qu'elle est en mal. Elle n'avait averti personne ; mon idiot de beau-frère accourt, bouleversé. Je lui dis : « Ma femme est depuis dix-huit jours chez la baronne Péchot, à Auteuil, rue de la Pompe. On ne doit plus avoir besoin d'elle ; prenons un fiacre et ramenons-la. » Nous arrivons à l'hôtel Péchot ; je me nomme et je réclame ma femme : « Connaissons pas », me répond un grand diable de larbin. — Mais si, la sage-femme ! — Quelle sage-femme ? — Pour l'accouchement. — Quel accouchement ? — Celui de madame la baronne ! — Sacré farceur ! me répond l'autre : Madame a quatre-vingt-deux ans ! »

LA TROMPETTE

Vous étiez chocolat !

LE TROMBONE

Des fois ! J'ai fait le tour de la clientèle de ma femme ; partout celle-ci était inconnue, et partout on m'a ri au nez : l'ambassadeur du Mexique est garçon, et le comte de Montsoult est veuf ; la générale Bozincourt n'a jamais eu d'enfants, et le bâtonnier Crussac est divorcé. Je vous épargne les autres. Mon beau-frère se tordait de rire, il me disait : « Ce n'est pas une accoucheuse ! C'est une découcheuse ! » Enfin, je rentre chez moi et deux jours après ma femme arrive.

LA TROMPETTE

Elle vous raconte les couches de la baronne.

LE TROMBONE

Oui... ç'a été le seul bon moment de cette crise... J'admirais la facilité d'invention prodigieuse qu'ont les femmes. Lorsqu'elle eut fini, je lui exposai à mon tour des histoires plus véridiques. Vous croyez qu'elle s'est déferrée ? Pas du tout : « C'est vrai, m'a-t-elle dit, je te trompe, mais tu en profites ! » C'était vrai, monsieur ! J'en avais profité ! Et c'est ce qui rend ce divorce impossible. Supposez que j'aille en justice ; l'avocat de ma femme peut me couvrir de honte.

LA TROMPETTE

Vous avez pardonné ?

LE TROMBONE, *fier.*

Moi ! Jamais !... Et puis ma femme se fichait pas mal de mon pardon ! Elle a continué à me déshonorer, mais cette fois ouvertement ; voilà ce que j'y ai gagné. Alors à partir de ce moment-là, j'ai considéré le monde. J'ai vu toutes les infamies, toutes les canailleries, toutes les saletés. J'ai regardé les femmes, je n'en ai pas trouvé une de vertueuse !

LA TROMPETTE

Allons donc !

LE TROMBONE, *haineux.*

Pas une. J'ai vu que tous les hommes étaient trompés, et ça m'a consolé ; chaque fois que je découvre un cocu, il me semble que ça me soulage, que je repasse à quelqu'un une partie de mon fardeau. Tenez, hier, en passant devant la loge du pipelet, j'ai vu la concierge sur les genoux d'un artilleur ; j'ai eu du bonheur pour toute ma soirée ! Le concierge est cocu ! Et le chef machiniste aussi !

LA TROMPETTE

Assez ! assez ! Grâce ! N'en jetez plus ! Et changeons d'entretien. Ah ! voilà le chef de cabinet du ministre de l'Agriculture qui s'en va.

LE TROMBONE

Encore un qui l'est !

LA TROMPETTE

Il a eu la loge du Président de la République.

LE TROMBONE

Le Président de la République ! Mais vous ne savez donc pas qu'il... (*Changeant de ton.*) Crédié !... le final ! Ça y est ! Je rate ma rentrée ! (*Il se jette sur son trombone et se met à pousser des sons stridents.*)

RENTRÉE DE PROMENADE

Une grande route qui serpente interminablement au milieu de plaines immenses. A droite et à gauche les arbres nationaux, plantés de dix mètres en dix mètres, puis les tas de cailloux nationaux, réguliers comme des tombes ; puis de cent mètres en cent mètres le petit cube numéroté qui marque la distance de ville à ville. Les plaines moissonnées semblent plus vastes. Le soleil commence à chauffer la poussière, il est près de midi ; la campagne est déserte. On aperçoit au loin un clocher qui se met à sonner, histoire d'animer un peu le tableau.

Sur la route, pas un chien.

Soudain apparaît, tout là-bas, un petit objet qui grandit, qui grandit ; c'est une voiture automobile, du style tonneau, où sont trois personnes : un chauffeur et deux voyageurs. Il est assez difficile de discerner les sexes, car ils ont tous la casquette, le capuchon, le cache-poussière et les lunettes. On dirait de trois gnomes accroupis sur un démon furibond.

Il y a là pourtant deux hommes et une femme. Les hommes : le vicomte Alfred Beurré d'Amandis, propriétaire et conducteur de l'auto, qui tient le volant de direction avec une tranquillité attentive ; l'autre, l'invité, relégué dans la voiture, est Eugène Souplet, ami et parasite du précédent.

La jeune femme, dont on ne voit qu'un petit bout de nez très amusant, aux narines battantes, est mademoiselle Eva Porée, artiste lyrique et pensionnaire du *Théâtre National de la Scala* ; elle est assise à côté de son chauffeur d'amant.

EVA, *grisée de vitesse.*

Plus vite ! Plus vite !... mon petit Fred !

FRED

Non.

EVA

T'en prie !

FRED

Nous faisons du quarante-six. Ça me paraît suffisant. Du reste, je n'ai pas envie d'écraser un chemineau.

EVA

Pas un chemineau, bien sûr, mais une poule, dis, Fred, écrase une poule, je t'en prie !

FRED

En voilà une idée !

EVA

Rien qu'une petite poule ! Je serais si contente !

SOUPLET

Pourquoi ?

EVA

Pour pouvoir le raconter ce soir aux camarades ; la grande Muguette, tu sais ? Son type, qui a une auto, la sort souvent, et elle nous raconte qu'elle a écrasé des petits cochons, des roquets, des pintades. C'est amusant. Écrase une poule, mon Fred !

FRED

Je tâcherai.

EVA

Quand nous passerons dans le village, je te préviendrai si j'en zieute une ; tu n'auras plus qu'à viser.

SOUPLET

Où déjeune-t-on ?

FRED

Bientôt. Tu as faim ?

SOUPLET

C'est-à-dire que je mange le bandage de rechange, si on n'arrive pas bientôt à un casse-croûte.

FRED

Voilà Méry ; nous ne sommes pas loin de l'Oise ; dans dix minutes nous débarquons à Chaponval. Attention à la descente !

EVA

Oh ! c'est bon !... on dirait qu'on enfonce en terre, pas, la Souple ?... Tiens, dans ces moments-là on aurait de moi ce qu'on voudrait ! (*Se relevant.*) Oh ! là-bas ! une poule !...

FRED, *agacé.*

Zut !

EVA

Gouverne dessus ! hardi !... oh ! Malagauche, tu l'as ratée.

FRED

On ne va pas plus loin que Chaponval.

EVA

Non, mon gros, monsieur Barentin vient me voir à cinq heures ; il faut que je sois rentrée ; sans ça, il ne serait pas content, cet homme.

FRED, *agacé.*

N'en parlons plus !

EVA

Tu saisis ! Il faut avoir des égards avec les gens. Si monsieur Barentin apprend que je l'ai fait poser pour me balader avec mon gigolo, il se fâchera ! Et il me plaquera.

FRED, *de plus en plus agacé.*

C'est bon ! c'est bon !

EVA, *gaffeuse.*

Et il tient à l'exactitude ! Il ne me demande que ça !... (*Ici, Fred, rageur, fait jouer la trompe.)* Oh ! En voilà du barouffe ! Il n'y a personne sur la route. Ferme ça !

SOUPLET, *aimable.*

C'est pour avertir les gardiens du pont suspendu.

EVA

Ah ! bon ! Où sommes-nous ?

SOUPLET, *qui regarde la carte.*

A Auvers.

EVA

Oui ! Voilà l'Oise !... Comme c'est gracieux ! Moi, la nature, ça me rend toute chose ! Les bords de l'eau surtout ! Ça me fait penser à ma mère... à mon enfance...

FRED

Attention ! Voilà l'auberge ; gare à l'entrée !

Moment d'inquiétude ; on tourne devant une porte de jardin trop petite ; après plusieurs reculs, Fred arrive à faire entrer l'auto dans le jardin de l'auberge. Souplet descend le premier et tend la main à Eva qui saute à terre.

FRED

Je vais ranger le fourneau et commander le déjeuner. Pendant ce temps-là, choisissez une table. *(Il s'éloigne avec la voiture.)*

EVA, *criant.*

Envoie-nous les apéro !

SOUPLET

Voulez-vous être au soleil ou à l'ombre ?

EVA

Au soleil ; d'abord, lavons nos mains, là, dans l'Oise. *(Un petit garçon stupéfait regarde la dame qui a de grosses lunettes.)* Oh ! qu'il est mignon, le chéri ! Comment t'appelles-tu ?

LE PETIT GARÇON. *(Bruit inintelligible.)*

...

EVA

Comment ?

SOUPLET

Ernest ? Ganymède ? Andromède ?

RÉPÈTE, MON PETIT ?

EVA

Répète, mon petit ?

LE PETIT GARÇON. *Même jeu.*

...

SOUPLET

Hein ?... Tu dis ? Remède ? *(Comprenant tout d'un coup.)* Oh ! petit mal élevé ! Veux-tu te sauver ! ou je te fiche la fessée.

EVA, *rêveuse.*

C'est gentil, les enfants ! C'est la joie de la vie !

SOUPLET

Vous voudriez en avoir !

EVA, *furieuse.*

Moi ? Jamais ! Ah ! par excmp'e ! Je vous remercie ! Qu'est-ce que j'en ficherais !

SOUPLET, *déferré.*

Excusez-moi !

EVA

Oh ! voilà une table qui fera notre blot ; installons-nous. Moi, là, à l'ombre ; Fred, à côté de moi ; vous, en face de moi. Il est bien long, Fred.

Elle ôte ses lunettes, son capuchon, son cache-poussière ; c'est une petite personne rousse, maigrelette, de l'espèce dite : « Petites poisons. » Elle portait des cartons à chapeaux dans les rues, il n'y a pas un an. Maintenant, elle est habillée avec luxe ; elle semble trop à son aise.

UNE SERVANTE, *apportant des verres et de l'absinthe.*

Voilà.

EVA

A peine, pour moi... une larme. Comment vous appelez-vous ?

LA SERVANTE

Julie, madame.

EVA

Eh bien, Julie, dites à *mon mari* qu'il se patine, parce que j'ai nne envie de briffer qui ferait pleurer un enfant de dix mois.

JULIE, *s'en allant.*

Bien... mademoiselle.

EVA

Je crois que cette grue de bonne se moque de moi !

SOUPLET, *conciliant.*

Mais non, mais non ! (*Un silence.*)

EVA, *enjouée.*

Qu'est-ce que vous avez à me regarder comme ça, la Souple ? Je vous rappelle quelqu'un ?

SOUPLET

Dieu ! que vous êtes jolie !

EVA

On le dit !

SOUPLET

Vous êtes plus jolie qu'on ne le croit !

EVA

Eh ! doucement, les basses ! La moitié de ça suffit.

SOUPLET

Ça vous ennuie que je vous fasse la cour.

EVA

Au contraire, j'aime bien ça.

SOUPLET

Ça vous chatouille, mais c'est tout.

EVA

Que voulez-vous, mon bon monsieur, j'ai ce qui me faut chez moi.

SOUPLET

Vrai de vrai ?

EVA

Sûr de sûr ! Faudra repasser un autre jour. Nous avons nos pauvres.

SOUPLET

Vous aimez Fred ?

EVA

Certainement, je l'aime.

SOUPLET

Ecoutez, sincèrement, Fred est mon ami...

EVA

Dix sous que vous allez taper dessus !

SOUPLET

Mais il n'est pas d'une force de soixante chevaux !

EVA

C'est un très gentil garçon.

SOUPLET

Il y en a à la botte, des gentils garçons, on marche dessus !

EVA

Pas tant que vous pensez. Je suis très heureuse comme je suis. Fred m'adore.

SOUPLET

Heu !... Heu !

EVA

Je vous dis que si. Pour moi, il se jetterait à l'eau...

SOUPLET

Il sait nager ! La belle malice ! Et encore... faudrait voir.

EVA

Je ne tiens pas à le mettre à l'épreuve. Je n'ai pas toujours été dans la position que vous me voyez... J'ai eu mes moments d'inquiétude.

SOUPLET, *amer.*

J'ai toujours les miens !

EVA

Quand j'ai débuté au concert... je n'étais pas encore une artiste... je disais deux couplets au lever du rideau, en première partie, après l'orchestre, quand il n'y a encore que des étrangers dans la salle. A ce moment-là, j'ai connu Fred ! il me chauffait ferme. Moi, je ne voulais rien savoir ; un amant jeune et sans position, y a rien de fait, c'est pleuré !

SOUPLET

Sans position ? Il est vicomte !

EVA

On ne prête rien là-dessus ! Moi, comme de juste, je me méfiais ; et j'ai toisé mon Fred ; ça, me suis-je dit, c'est un amant de cœur, de la réjouissance, comme disent les bouchers. Le jeune homme s'accrochait, je lui ai exposé le cas : « Mon cher, vous n'avez pas les reins pour porter une petite femme où elle veut aller ; attendez que j'aie trouvé quelqu'un de sérieux, on en recausera. »

SOUPLET

Il a accepté ça !

EVA

Oh ! Ne faites pas votre étroit ! Vous en accepteriez bien d'autres, si je voulais ! La dignité, mon vieux, c'est commode pour déjeuner sur l'herbe ; on s'assoit dessus ! Mon Fred m'a dit des choses émues et, en fin finale, il a fini par comprendre ; il m'a seulement demandé de ménager son amour-propre.

SOUPLET

L'amour, c'est rarement quelque chose de propre !

EVA

Tu parles ! Là-dessus, un monsieur très bien, à qui je n'avais accordé aucune attention, me prie de prêter mon gracieux concours à son Cercle ; c'était monsieur Barentin, qui avait trouvé le moyen subtil de m'être présenté. Il m'a fait des offres fermes...

SOUPLET, *galant.*

Ce que vous lui offriez n'était pas moins ferme.

EVA

Vous l'avez le tour de main pour l'ondulation ! Monsieur Barentin m'a dit comme ça : « Je vous propose une situation stable et je dépose à votre nom dix mille au Crédit Lyonnais... »

SOUPLET, *entre ses dents.*

Le cautionnement.

EVA

« ... Je ne vous demande rien d'excessif comme affection ; à mon âge, on vit de beaucoup de souvenirs et de très peu de présent. Mais j'exige de vous uniquement de l'exactitude ; je viendrai vous voir tous les jours à cinq heures tapant, vous y serez, n'est-ce pas ? »

SOUPLET

Et vous y avez été ?

EVA

Je n'ai manqué qu'un jour, où je me suis attardée au Bon Marché... Vrai !... j'étais bien au Bon Marché. Monsieur Barentin m'a fait une scène, et m'a déclaré que si je recommençais, il me sèmerait... Ça dure depuis dix mois, je suis très heureuse, je suis libre. Quand j'ai vu que j'avais le nécessaire, j'ai accepté le superflu.

SOUPLET

L'ami Fred !

EVA

Lui-même ! Il me plaisait depuis longtemps ; il avait une auto, et c'était mon rêve d'avoir un amant chauffeur ! J'étais ravie de me faire mener en chaufferette à la répétition et de faire de la poussière pour les camarades... Du reste, j'ai aimé Fred tout de suite.

SOUPLET

Je vous crois sur parole.

EVA

Ne plaisantez pas ; j'ai eu un gros pépin pour lui, dès le commencement. Il est si gentil, si délicat. C'est bon, allez, d'avoir dans la vie une affection solide, sur laquelle on peut se reposer !

SOUPLET

Et monsieur Barentin, que dit-il de ça ?

EVA

Je ne l'ai pas interrogé là-dessus. Il ne sait rien, le pauvre cher homme ! Mon Fred adoré ! Pour sûr que je l'aime ! Et comme on n'aime qu'une fois.

SOUPLET

Ne découragez pas les autres !

EVA

Aussi, quand vous m'avez proposé tout à l'heure....

SOUPLET

Pardon ! je ne vous ai rien proposé !

EVA

C'est tout comme ! Même que c'est

pas très chic de votre part, de vouloir lui souffler sa maîtresse.

SOUPLET, *méchant.*

C'est surtout la maîtresse de monsieur Barentin que je soufflerais.

EVA

Si vous voulez... et, je vous le répète, j'adore Fred.

SOUPLET, *agacé.*

Ne le dites pas de trop, on finirait par ne plus le croire.

MONSIEUR BARENTIN M'A FAIT UNE SCÈNE...

EVA

Non. C'est la maîtresse de Fred, car Fred est mon seul amant! L'autre, c'est... c'est...

SOUPLET

Le bureau !

EVA

Or, vous, l'ami de Fred, vous qui lui avez maintes fois emprunté de l'argent!...

SOUPLET, *rouge.*

C'est faux ! Qui vous a dit ça !

EVA

Lui !... Ah ! il ne faut pas rougir pour ça.

SOUPLET

J'en rougirai devant d'autres.

J'AI CONFECTIONNÉ MOI-MÊME LA MAYONNAISE.

EVA

... Vous me serrez de près par-dessus le marché !

SOUPLET

Que voulez-vous ? J'ai tous les sens, sauf le sens moral ! Et quand on a allégé un ami de quelque argent, le seul service qu'on puisse lui rendre en échange, est de l'alléger aussi de sa maîtresse.

EVA

Ce que je goûte en vous, la Souple, c'est que vous êtes mufle avec grandeur.

SOUPLET

Merci tout de même... Acrais, voilà notre protecteur !

FRED, *arrivant, jovial.*

Eh bien, mes anges ! on a faim ?... J'ai tout commandé et j'ai confectionné moi-même la mayonnaise pour la langouste !... (*A Eva.*) Est-ce que Souplet t'a fait du plat, en mon absence ?

EVA, *bonne fille.*

Pas du tout ! C'est une vieille camarade, la Souple ?

SOUPLET

Parbleu !

On se met à table.

EVA, *au garçon.*

Comment vous appelez-vous, mon ami ?

LE GARÇON

Théotime, madame !

EVA

C'est un joli nom pour dormir dehors. Heureusement que les nuits sont douces. Théotime, vous me donnerez du pain... Fred, je t'aime tout plein, aujourd'hui !... où est-elle cette grue de mayonnaise?... Dis donc, ta langouste sent le pétrole !... Oh ! mon Fred, va ! je t'aime à la folie...

SOUPLET, *amer.*

Vous savez qu'ils louent des chambres, ici !

EVA

Tiens ! (*Un temps.*) On visitera la maison après le déjeuner.

Le déjeuner continue gaiement. Au dessert, Eva, très lancée, emmène Fred, quasi de force, visiter les chambres ci-dessus annoncées. Souplet, tout seul, rumine philosophiquement la honte d'être l'ami servile avec qui on ne se gêne pas. Des heures s'écoulent ; le soleil baisse, lui aussi, peu à peu, et s'amuse à allonger les ombres des arbres. Comme tout a une fin, Eva sort du bâtiment avec son fol amant ; elle va vers Souplet, qui en est à son troisième cigare.

EVA, *allant à lui.*

Eh bien, ma pauvre Souplette, on ne s'est pas trop ennuyé ?

SOUPLET, *aigre.*

J'ai fumé trois cigares.

EVA, *égayée par des souvenirs récents.*

Trois ? Tiens ! curieuse coïncidence !

SOUPLET, *tout à fait aigre.*

Ah ! Non !... Je vous en prie ! Pas de détails ! J'ai l'odeur du festin, je ne tiens pas à avoir aussi l'ombre de l'amour ! Partons... Du reste, il est près de quatre heures, et si vous voulez être à cinq heures à Paris, il faudra faire au moins du quarante.

EVA

Gourdée ! On prévient ! Quatre heures ! Dépêchons-nous ! Je vais être en retard ! Et Fred qui met un temps à régler la note.

SOUPLET, *qui commence à s'amuser.*

Oui... Vous ne serez pas à Paris avant cinq heures et quart !... même en forçant la vitesse.

EVA

Ne dites pas ça !... Je serais fichue ! (*Appelant.*) Fred ! Vite ! vite !!

FRED, *arrivant avec l'auto.*

Voilà ! voilà ! les voyageurs en voiture !

EVA, *grimpant près de lui.*

Coco, je t'en prie, pas de blague ! Il faut que je sois à Paris à cinq plombes, rendue à domicile.

FRED

Ne crains rien... Tu y seras.

La sortie s'effectue à ravir.

EVA

Comme c'est bon ! Ça vous requinque ! On se sent meilleure... Hardi ! A fond de train !

FRED

Nous sommes à quarante-cinq ! C'est déjà beaucoup !

EVA

Ça ne fait rien... va... Plus vite... plus vite...

La machine, lancée à toute vitesse, brûle la route : les arbres défilent à une allure vertigineuse ; Eva compte les bornes hectométriques, et calcule qu'à cette allure, elle sera même en avance. Soudain, la voiture ralentit, ralentit ; le souffle haletant du démon caché diminue... l'auto s'arrête.

EVA, *surprise*

Eh bien ! quoi ? Qu'est-ce qu'elle a cette grue de machine ?

FRED, *inquiet, sautant à terre.*

Je ne sais pas !

SOUPLET, *réprimant sa joie.*

La panne ?

Fred fait manœuvrer le volant; gémissement du démon ; puis rien.

SOUPLET

Il y a un court-circuit ?

FRED

Je ne pense pas.

SOUPLET

Ou un avaro ?

FRED

Je vais voir. (*Il se dépouille de ses habits superficiels et se glisse sous la machine dans l'attitude de l'écrasé.*)

SOUPLET

Eh bien ?

VOIX SOUTERRAINE DE FRED

Je ne vois rien.

SOUPLET

C'est peut-être la bougie ?

FRED, *reparaissant.*

Il faut la démonter. (*Il démonte la bougie et regarde.*) Non, ce n'est pas non plus la bougie.

SOUPLET

Alors, c'est la faute de l'essence, qui est éventée !

FRED, *désolé.*

Non... elle est neuve...

EVA, *qui a gardé un silence menaçant.*

Alors, quoi ?

FRED, *navré et sentant venir l'orage.*

Je ne sais pas... ces machines-là ont des caprices : ça s'arrête sans raison pour le plaisir de vous embêter....

EVA, *se contenant encore.*

Et nous allons rester en panne, combien de temps ?

FRED

Je ne sais pas.

EVA

Tu ne sais pas? Et je manque mon rendez-vous ! monsieur Barentin ne me trouvera pas ! Et il me plaquera !

FRED, *suppliant.*

Eva !

EVA

Et qu'est-ce qui me repêchera ? Toi, peut-être ? Toi qui n'as pas le sou ?... Ah ! j'en ai eu de l'astuce de partir avec un zoiseau pareil ! qui fait le Jacques sur son auto avec une casquette de chauffeur, et qui ne sait seulement pas par quel bout ça se fume !... Et ce sale truc, qui ne vaut pas un clou, et qui nous laisse en plan au milieu de la route !... Bonsoir.

FRED

Où vas-tu ?

EVA

A la plus prochaine gare !

FRED

La plus prochaine est à dix kilomètres !

EVA

Ça, c'est le bouquet ! Idiot ! Imbécile ! Brute avinée ! qui ne s'arrange même pas pour suivre le chemin de fer ! Ah !

je suis bien lotie ! Ça y est, monsieur Barentin me plaque ! Ça me pend au bout du nez comme un sifflet de deux sous. tent que j'en aie ! Et qu'il y ait un type calé qui paye, pour que tu aies une femme chic à l'œil !

IL SE GLISSE SOUS LA MACHINE DANS L'ATTITUDE DE L'ÉCRASÉ.

FRED, *s'énervant.*

Ah ! puis ! Flûte ! laisse-nous tranquille avec tes petites histoires !

EVA, *furibonde.*

Mes petites histoires ! T'es bien content que j'en aie ! Et qu'il y ait un type calé qui paye, pour que tu aies une femme chic à l'œil !

FRED, *furieux à son tour.*

Ah ! tais-toi... ou bien ? (*Geste vite réprimé.*)

EVA

Je n'ai pas peur de toi, tu sais !...

Tu me menaces ? Eh bien, tu me payeras ça ! (*Significativement.*) Tu sais qu'il y a un type qui me fait la cour !

FRED, *pâle.*

Je m'en f... (*Il retourne à la machine.*)

EVA, *tout à fait furieuse.*

C'est comme ça ? Eh bien ! tu le seras !... Et pas plus tard que demain !

Silence. Fred remue rageusement l'orgue de Barbarie du moteur. Soudain, sans raison, la machine se remet à fonctionner. On regrimpe dans la voiture. Retour muet. A l'arrivée, Souplet s'empresse autour d'Eva.

EVA, *bas à Souplet.*

Chez vous demain, trois heures.

LA RENTRÉE DES CLASSES

Le 4 octobre, au collège Boleslas ; la rentrée s'est effectuée sans encombre, après la messe d'usage. Au grand collège, les cours commencent ; la classe de philosophie, première section, est au complet ; les élèves sont entrés, sous la surveillance d'un abbé minuscule et jaunâtre, surnommé « Citron ». L'abbé s'en vient donner à voix basse quelques instructions au professeur installé dans la chaire, un grand monsieur mélancolique et doux, que l'on devine platonicien. Cependant, les élèves se placent ; il y a là le marquis de Fortinbras, et son ami intime, le vicomte de Macbeth ; ces messieurs portent l'uniforme de Boleslas, coupé par le premier tailleur de Paris ; on sent que, même dans les prisons, ces messieurs se feraient habiller par un grand artiste ; ils ont la fierté naturelle qui sied aux héritiers des plus grands noms de France ; on les salue humblement. Ils répondent avec une impertinence délicieuse ; car le collège Boleslas assure à tous ses élèves la même distinction correcte, insolente et satisfaite. Entre Lamy-Cosseron, unique rejeton d'une fabrique fameuse d'automobiles ; ce jeune homme est fort considéré à Boleslas, pour sa richesse ; il s'isole aussitôt avec les grands noms de France, qui l'accueillent assez bien. Rumeur : voici le directeur de Boleslas, l'abbé Monnier, un prêtre décoratif, à la figure pensive éclairée de deux grands yeux bleus ouverts sur l'infini d'une médiocrité que l'on a rarement égalée. L'abbé Monnier conduit, par le col, un petit collégien étriqué, à figure de vieille fille vicieuse : le duc d'Alérion, l'ami intime de Monseigneur, le futur héritier du trône de France, son favori, et son futur secrétaire des commandements. L'abbé amène le noble potache au professeur ; c'est-à-dire qu'il présente dédaigneusement le maître à l'élève, et lui fait bien sentir tout l'honneur qu'il y a, pour un cuistre de sa sorte, à bourrer de notions le descendant scrofuleux d'un varlet à tout faire de Henri III. Aussitôt, la splendeur des Fortinbras, Macbeth et Lamy-Cosseron s'éclipse ; ces messieurs se précipitent au-devant d'Alérion, qui s'installe sereinement au premier banc, d'où le prochain classement rationnel l'exilera, sans doute, aux derniers gradins. L'abbé Monnier salue l'éminent éphèbe, sourit au professeur, caresse la classe d'un regard inutilement profond, et s'en va, entraînant dans son sillage le petit Citron. Appel des noms. Il manque un nommé Tissier. La classe commence.

LE PROFESSEUR

Messieurs, la Philosophie est la science des causes...

A ce moment, il est interrompu par la soudaine irruption d'un collégien qui entre d'une façon décidée, puis s'arrête, comme ahuri. Rien qu'à la coupe du vêtement, à la façon de porter trop serrée la ceinture ornée d'un B majuscule, on devine le « nouveau » au collège.

TOUTE LA CLASSE, *hostile.*

Houû... hoû ! à la porte !

LE NOUVEAU, *au professeur.*

Pardon, monsieur, c'est ici la première section de philo ?

LE PROFESSEUR, *étonné.*

Oui...

LE NOUVEAU

C'est moi, Tissier, Jean.

TOUTE LA CLASSE

Hoû ! hoû !... La ferme !... Enlevez-le !

TISSIER, *tranquille et courtois, au professeur.*

Je vous prie de m'excuser, monsieur, si j'ai interrompu le repas des animaux ; mais j'arrive à l'instant ; voici un mot de monsieur le directeur.

LE PROFESSEUR

Merci... (*Lisant.*) Ah ! Vous venez du lycée Condorcet ?

TOUTE LA CLASSE

Hoû ! hoû !... Asseyez-vous dessus ! A bas le Condor !

TISSIER

Oui, monsieur.

LE PROFESSEUR

Vous avez eu des prix ?

TISSIER

Un prix de narration, un d'histoire. (*Les rumeurs redoublent.*) J'ai eu aussi un prix de boxe...

Quelques rires ; Tissier regarde avec insistance les plus déterminés rieurs ; le silence se rétablit aussitôt. En effet, Tissier est un assez solide gaillard, déjà presque un homme, avec un essai de moustache ; la barbe même commence à descendre des tempes.

LE PROFESSEUR

Placez-vous où vous voudrez !

Tissier cherche une place ; mais les enfants de Boleslas lui sont nettement hostiles ; ils écartent les coudes, de façon à ne pas laisser un coin à l'intrus. Au premier rang, les gentilshommes s'étalent ; d'Alérion plisse son noble visage en une moue de dégoût. Aux autres places, la résistance est plus sournoise. Il ne reste qu'une table vide, tout là-haut, où s'étiole un pauvre garçon chétif, poussé trop vite. Tissier grimpe vers lui, l'autre lui fait place ; la conversation s'engage à voix basse.

TISSIER

A la bonne heure, vous êtes plus gentil que les autres, vous. Comment vous appelez-vous ?

LE GARÇON CHÉTIF

Guillaume Bouvarel...

TISSIER

Vous ne prenez pas de notes ?

TISSIER

Tu causes ! là-bas j'étais externe ; mon père m'a flanqué interne ici !

BOUVAREL, *intéressé.*

Ah bah ! Parce que les études sont plus fortes ?

TISSIER

Non ! (*Tranquille.*) A cause d'histoires de femmes...

— COMMENT VOUS APPELEZ-VOUS ?

BOUVAREL, *rougissant.*

Non... Je redouble. Alors, je connais le cours. Vous n'écrivez pas non plus ?

TISSIER

Certes... D'abord, soupé pour ce matin ; tous ces empalés m'ont agacé. Et puis, j'ai le travail facile ; en dix minutes j'aurai rejoint le train.

BOUVAREL

Vous avez de la chance ! Comme ça, vous venez de Condorcet !

TISSIER, *triste.*

Oui !

BOUVAREL

Vous le regrettez ?

BOUVAREL, *stupéfait.*

Comment ?

TISSIER

J'ai eu une maîtresse, pendant les vacances ; papa l'a su ; alors, pour me punir, il m'a collé à Boleslas. Charmante saison !

BOUVAREL, *qui n'en revient pas.*

Quel âge avez-vous donc ?

TISSIER

Quinze ans et demi aux dernières cerises, mon bon monsieur.

BOUVAREL

Et vous avez une maîtresse !

TISSIER

C'est-à-dire que je l'avais, car on me

l'a ôtée ; ou plutôt une barbare famille m'a ôté à elle.

BOUVAREL

Vous avez été l'amant d'une femme ?... dans un lit ?

TISSIER

Dans un lit, et dans plusieurs localités analogues. (*Les yeux très loin.*) Ah ! Mâtin !... rien que d'y penser !...

BOUVAREL

Vous l'avez aimée ?

TISSIER

Je t'écoute !... Si elle m'avait dit de vous tordre le cou, je n'aurais pas hésité Elle était si gentille !

BOUVAREL

Vous avez de la veine ! Comment vous y êtes-vous pris ?

TISSIER, *surpris.*

Hein ? Vous ignorez encore ça, à votre âge ?

BOUVAREL, *vivement.*

Je veux dire : comment avez-vous connu cette... personne ?

TISSIER, *ravi, comme tous les hommes, de raconter ses premières amours.*

Voilà ! Pendant les vacances, j'habite en Seine-et-Oise, un petit patelin où mes parents ont une villa.

BOUVAREL

Ici, on dit : un château.

TISSIER

A Condorcet, on dit : une cambuse ; elle s'appelle Les Bruyères. C'est perdu dans les bois de Montmorency, au-dessus du pays, qui est Saint-Gilles

LE PROFESSEUR, *de loin.*

Bouvarel, taisez-vous ! Vous ne faites que bavarder !

TISSIER, *entre ses dents.*

Et ta sœur ?

LE PROFESSEUR, *continuant son cours.*

En philosophie, les principales erreurs viennent d'une définition défectueuse... Ainsi...

TISSIER, *reprenant son récit.*

Les premiers temps, les jours filent si vite qu'on n'a presque pas le loisir de se regarder vivre ; c'est un beau pays, quand on le connaît. Toute la forêt est à moi ; il y a même des sentes que je sais et que les gardes ignorent. Seulement, au bout de deux semaines, on n'a plus l'emploi de ses dix doigts et le pouce. Alors, il y a les fêtes aux villages des environs, à Malverny, à Frantonville. On y va en bande, avec des amis que j'ai là-bas, des amis d'été, que je vois pendant les vacances.

BOUVAREL

Vous étiez beaucoup ?

TISSIER

Sept ou huit ; des gars d'attaque, des frappes. On faisait du bruit comme soixante ; quand nous arrivions dans une fête, il n'y en avait plus que pour nous. On prenait d'assaut les chevaux de bois, on dévalisait les baraques. Et nous revenions en fanfare ; un jour, comme ça, nous avons joué tout le premier acte de *Tristan* sur des mirlitons. Le soir nous allions danser au bal du pays ; une grande baraque longue, couverte d'une tente ; les paysans, sur le parquet de planches mal jointes, sabotaient la contredanse, sur deux lignes, en vis-à-vis ; nous, nous dansions l'américaine, nous bostonnions ; aussi, toutes les filles voulaient-elles valser avec nous. on n'aurait jamais cru qu'il y en eût de très bien faites ; il fallait danser avec elles, pour se rendre compte.

BOUVAREL, *alléché.*

Vous vous rendiez compte.

TISSIER, *joyeux.*

On le dit ! Ces petites-là étaient très flattées de se trémousser avec des messieurs : on valsait tout contre elles, on les serrait ; elles perdaient la tête, et, à ce moment-là, on en aurait fait tout ce qu'on aurait voulu.

LES MÈRES NOUS SURVEILLAIENT...

BOUVAREL

Elles étaient jolies ?

TISSIER

Pas toutes ; pourtant elles étaient fraîches et pas plus sottes que d'autres ; une jeune fille qui danse, même à Malverny, ça n'est jamais très intéressant. Par exemple, elles étaient mal habillées, mal corsetées surtout ; à les regarder,

BOUVAREL

Ah ?

TISSIER

Mais il y avait les mères qui nous

surveillaient, et dès qu'on essayait d'aller au dehors étudier les champs d'asperges montées, ces dames rappelaient leurs filles.

BOUVAREL

Elles se méfiaient ; vous en étiez pour vos frais.

TISSIER

Pas complètement ; d'abord, on emmenait les mères et les filles au café boire quelque chose d'innommable, que les gens de là-bas adorent : un mélange de vin et de sirop de groseille ; alors, sous la table, on serrait le bras de sa voisine, on la caressait ; la mère avait l'air de ne rien voir. Puis, à la fin du bal, on ramenait sa danseuse chez elle ; car, là-bas, on danse presque tout le temps avec la même ; au retour, les mères vont devant, sur la route ; les jeunes gens suivent ; c'est l'instant d'embrasser, et on embrasse, on embrasse !

BOUVAREL, *dont les yeux brillent.*

Sur la bouche ?

TISSIER

Sur la bouche et les environs. De temps à autre, une mère se retourne et regarde si on est à distance permise, mais elle se fâche rarement. Ça, c'est la minute délicieuse ; on est dans la nuit, par couples, mais on ne s'occupe pas des voisins ; on serre tout contre soi une petite créature que l'on ne connaissait pas la veille, que l'on a gagnée durant la soirée, et qui est maintenant toute à vous, qui se confie, qui se donnerait, s'il n'y avait pas l'avant-garde des mères. On se parle tout bas, on se murmure un tas de paroles inutiles, tôt oubliées ; on est très émus, près des larmes, dans un grand bonheur troublé ; tout autour, il y a les champs assoupis, la paix de la nuit, le mystère. Parfois, on se penche vers de jeunes lèvres qui s'offrent et l'on prend un baiser que la marche rend plus maladroit encore. On vit un roman entier, on se promet des choses solennelles ; on arrive à un seuil, on se quitte presque en pleurant : « Au revoir, à demain ! » et on ne se reverra plus.

LE PROFESSEUR, *de loin.*

Monsieur Bouvarel, vous persistez à bavarder. Vous aurez un mauvais point.

TISSIER, *à mi-voix.*

Oh ! la barbe !

LE PROFESSEUR, *à Bouvarel.*

Et ne répliquez pas !... Je reprends : l'Ontologie, messieurs...

TISSIER, *à Bouvarel.*

Je vous demande pardon, je suis cause de tout le mal.

BOUVAREL

Peu importe ; continuez.

TISSIER

Alors, est arrivée la fête de Malverny, près Saint-Gilles. Le fils du maître d'école était de notre bande, il était boursier à Louis-le-Grand, un demi-bourgeois, quoi ; il y avait aussi, parmi nous, deux fils du médecin, des voisins de villas, trois frères employés de commerce, un type de Centrale : et puis, moi. Le premier soir du bal, on a réquisitionné les plus jolies filles de Malverny ; chacun amenait celle qui lui plaisait, installait la mère dans notre coin ; les jeunes gens de Malverny nous regardaient de travers ; il ne s'en est pas fallu de beaucoup qu'il y eût de l'erreur ! C'est ce soir-là que j'ai connu Lucie Norette.

BOUVAREL

Un joli nom.

TISSIER

N'est-ce pas ? Elle était venue avec Blanche Taupier, son amie intime, et la mère de Blanche les chaperonnait. Si je songeais à ce bal, je ferais des sottises, je me sauverais, pour sûr !... Où en étais-je ?

BOUVAREL

Vous avez dansé avec mademoiselle Lucie.

TISSIER

Toute la nuit. Nous avons ri, d'abord ; nous étions très amis. On disait de nous : « A la bonne heure, ceux-là s'amusent. » A la sortie du bal, nous étions encore assez gais, tandis que les autres, fatigués, cessaient de nous tenir tête. On est rentré ; j'ai pris le bras de Lucie, et puis, il a passé je ne sais quoi entre nous ; nous nous sommes tus. Elle tremblait ; moi, j'étais bouleversé ; la mère de Blanche, qui était en avant, se retourna, nous dit : « Eh ! bien, les jeunes gens, vous ne riez plus ? » J'ai répondu : « Mais si !... » Lucie m'a serré très fort le bout des doigts ; je l'ai embrassée sur les lèvres. Et j'ai cru que nous allions tomber tous les deux. Elle se plaignait, tout bas, comme si elle eût été oppressée d'un chagrin : « Ha ! ha ! » et j'étais obligé de la soutenir. Quelques pas plus loin, je me penchai encore vers ses lèvres. Puis, je lui

LES JEUNES GENS DE MALVERNY NOUS REGARDAIENT DE TRAVERS...

BOUVAREL

Cette personne était blonde ?

TISSIER

Non... C'était Blanche qui était blonde.

BOUVAREL

J'aime les cheveux blonds.

TISSIER

Ceux de Lucie étaient châtain foncé, la couleur des brunes qui n'ont pas eu le courage de leur opinion ; Lucie avait des yeux clairs, et un nez en l'air, très amusant. On la plaisantait parce qu'elle était un peu boulotte... Il ne faut pas que je songe à ça, parce que je ferais des

dis : « Je vous aime ! » Ensuite, je lui dis : « Je t'aime ! »

BOUVAREL, *convaincu.*

En avez-vous de l'audace !

TISSIER

Guère... mais j'agissais sans m'en rendre compte ; en me séparant de Lucie, je lui soufflai tout bas : « Demain, trois heures au Plessis. » C'est

VOUS AVEZ DANSÉ AVEC MADEMOISELLE LUCIE.

un petit bois, qui est au milieu de la plaine, près de Malverny. Je suis rentré tout seul, à travers la forêt, jusqu'aux Bruyères.

BOUVAREL

En pleines ténèbres ?

TISSIER

Je ne pensais plus à avoir peur ; j'étais fou d'allégresse, d'orgueil. Le lendemain, dès deux heures, j'étais à guetter au Plessis. Lucie Norette arriva avec Blanche. Dieu, qu'elle était jolie ! Comme il faisait chaud, elle était un peu décolletée. On voyait la nuque, un peu des épaules et la petite fossette à la naissance du col ; et c'était blanc, nacré. Blanche est restée à faire le guet au bord du bois, tandis que Lucie et moi, nous nous embrassions. L'ai-je assez embrassée ! J'avais ouvert le corsage et je mordais à même, partout et vite, vite, comme un gamin lâché dans un verger. Mon vieux, c'était bon !... C'était bon !

BOUVAREL, *très intéressé.*

Et puis ?

TISSIER

Et puis, rien ! Au bout d'une demi-heure, Blanche est venue nous avertir : il fallait rentrer ; les parents de Lucie auraient été inquiets.

BOUVAREL

Qu'est-ce qu'ils fabriquent ?

TISSIER, *un peu gêné.*

Ils sont merciers. (*Vivement.*) C'est mieux que des paysans.

BOUVAREL, *mal convaincu.*

Oui... évidemment ! Le lendemain cette femme est devenue votre maîtresse ?

TISSIER

Oh ! vous croyez que ça se fait comme ça !

BOUVAREL

Il me semble qu'à votre place...

TISSIER

Ouiche ! On parle, on se vante, et

puis, quand on est devant la petite femme, on n'ose presque plus rien ; et même quand on a osé presque tout, il reste toujours une dernière démarche dont on a peur.

BOUVAREL

Pourquoi ?

TISSIER

Je l'ignore : crainte du vilain, de la brutalité, de la maladresse. Le corsage, on le gagne tout de suite ; mais c'est... la suite qui est difficile ! L'amour, c'est l'art des transitions, voyez-vous. J'ai mis un mois à faire le chemin qu'il y a entre la croupe et les lèvres. Mes parents sont partis en voyage, me laissant seul aux Bruyères ; j'ai pressenti que le grand moment était venu ; j'ai invité Lucie à visiter la villa ; elle le désirait depuis longtemps.

BOUVAREL, *consterné.*

Vous avez amené cette demoiselle chez vos parents !

TISSIER

Oui... il faut vous dire que je n'ai pas de sens moral. Donc, j'ai mené Lucie dans le parc ; puis elle a vu la maison du haut en bas et, enfin, ma chambre. Nous étions à la fin de la journée ; en septembre, la nuit vient tout d'un coup ; elle nous a surpris ; et ça, c'est le grand danger. Lucie et moi, nous avons perdu la tête ensemble. Je crois bien que nous n'avons pas perdu que ça. Mon vieux, je peux vivre des années et des années, jamais je n'oublierai ces deux heures-là.

BOUVAREL

Est-ce vraiment aussi bon qu'on le dit ?

TISSIER

La... formalité, en soi, n'a rien d'extraordinaire ; je crois que l'on exagère ; ou bien, il faut avoir l'habitude ; il y a, paraît-il, des manières que je ne sais pas. Mais ce qui est exquis, c'est le premier contact des corps, la sensation nouvelle d'une chair toute proche et puis le grand bonheur de se donner ; et puis, la folie qui vous transporte et vous force à pleurer. Cela seul vaudrait le voyage.

BOUVAREL, *qui suit son idée.*

On m'avait affirmé que c'était très pénible et même désagréable.

TISSIER, *hésitant.*

Oui... il y a une seconde où l'on se prend soi-même un peu en horreur ; mais cela disparaît dans l'emballement, dans l'inattendu d'un tas de sensations qu'on ne soupçonnait pas. Au bout de deux heures, nous avons rattrapé un peu de sang-froid ; il nous semblait que nous venions à peine d'entrer dans la chambre. Lucie s'est sauvée sans reboutonner ses bottines. Je l'ai reconduite à travers bois. Le lendemain, elle est revenue, et les autres jours nous nous sommes aimés dans tous les coins, chez moi, dans les fourrés de la forêt, dans les carrières abandonnées, dans les champs.

BOUVAREL

Le docteur de ma famille disait un jour qu'il ne fallait pas abuser de ce sport.

TISSIER

Je t'écoute. Mais on n'a pas la force de raisonner. Quand mes aïeux sont revenus de voyage, ils m'ont trouvé dans un joli état ! Je fondais à vue d'œil. Ils se sont renseignés ; on a découvert le pot aux roses ! Quel chichi, madame la baronne ! Ils sont allés chez les parents de la petite, ils ont fait de la fanfare, comme si c'était de sa faute à elle. On m'a séparé de Lucie, on nous a séquestrés. Pas moyen de s'échapper ; j'ai eu tant de chagrin que je me suis empoisonné.

BOUVAREL, *terrifié.*

Est-ce possible !

TISSIER

J'ai gratté un vieux chandelier vert-de-grisé et j'ai avalé ça mélangé de vinaigre. Ça m'a rendu un peu malade, mais mes parents ont cessé de m'ennuyer.

BOUVAREL

Et... mademoiselle Lucie ?

TISSIER, *triste.*

Je ne l'ai pas revue... Je ne la reverrai probablement plus. Me voilà bouclé ici pour un an, loin de Malverny ; il y a le bac à préparer. Dans trois mois, je ne penserai guère à cette histoire. Quant à la petite, on m'a dit qu'elle allait se marier... (*Presque pleurant.*) C'est égal, elle était rudement gentille, et je l'aimais bien. (*Cloche ; la classe est finie.*)

LE PROFESSEUR, *de loin.*

Monsieur Bouvarel, vous n'avez pas cessé d'importuner monsieur Tissier avec votre bavardage ; vous serez privé de sortie dimanche !

RENTRÉE DU PARLEMENT

Le promenoir des Folies-Vachères. Des citoyens de caste inférieure fument, ou s'entretiennent, accoudés le long des loges. Des dames, point farouches, circulent. Sur la scène un gentleman en habit, très grave, présente plusieurs petits cochons roses et narquois, qui jouent au piquet, tirent le canon, s'exercent au ping-pong, bref, imitent l'homme à s'y tromper. C'est excessivement captivant.

Dans une loge, six seigneurs semblent s'amuser beaucoup. Ils ont des figures rouge brique, et comme vernissées, des figures de gens qui ont trop bien dîné. Ce sont :

M. le sénateur de la Touque-Inférieure, gentleman farmer, carré d'épaules, robuste, faisant craquer sa redingote ; une figure de bon gros bouledogue qui ne s'embête pas.

M. le député du Lignon, petiot, l'air né-en-fiacre ; une barbiche tenace qui végète sur une tête ingrate. Jaquette.

M. le conseiller général de Bascogne : grand, sec, barbu, poilu, broussailleux, un sarment. Des lunettes d'or... Veston.

Le grand électeur de Normandie, un docteur, bien connu là-bas... gras, onctueux, rasé... Sa redingote à l'air d'une soutane.

M. le directeur du Provisoire, dans un grand ministère : chauve, moustaches de palikare, correction officielle ; redingote croisée, impeccable.

Le secrétaire du ci-dessus ; son patron en plus jeune, et en plus chevelu. Assez joli garçon ; silencieux. Il écoute et se souvient.

LE SÉNATEUR

Tenez, ces petits cochons-là, en Normandie, ce serait la fortune d'une ferme... Le cochon, dans l'économie rurale, joue le rôle d'un régulateur... Il faudrait en favoriser l'élevage.

MONSIEUR LE DIRECTEUR, *sentencieux.*

Tout fermier a dans sa cour un cochon qui sommeille.

LE CONSEILLER GÉNÉRAL

Savez-vous si Varambot est rentré ?

LE DOCTEUR

D'où sortez-vous ? Varambot a été blackboulé... Il avait donné des gages à la réaction...

MONSIEUR LE DIRECTEUR

Tiens, c'est gentil, ce que vous dites là. On dirait un petit jeu innocent !... Un gage à la réaction.

LE SECRÉTAIRE, *sourit discrètement.*

LE DÉPUTÉ

Les groupements vont s'effectuer d'une façon toute nouvelle...

LE SÉNATEUR

Il faut le craindre. Le pays est travaillé d'un ferment inattendu...

LE DOCTEUR

Il y a beaucoup d'étrangers, en ce moment, à Paris.

MONSIEUR LE DIRECTEUR

Il y a toujours beaucoup d'étrangers.

LE DOCTEUR

Que viennent-ils faire ?

MONSIEUR LE DIRECTEUR

La noce ! Il est universellement reconnu que nous sommes le peuple le plus corrompu : alors, les autres viennent se corrompre chez nous.

LE DOCTEUR

Ah ! la Parisienne ! Regardez comme elles sont bien de cette ville et de ce temps, ces femmes qui rôdent autour de nous. On devine chez elles le je ne sais quoi d'excitant, d'alléchant, qui les ferait reconnaître entre toutes... Montrez-moi dix femmes nues, de dos...

LE SÉNATEUR

Hé là !... Vous allez bien, vous ! Dix ! Et avec ça !

LE DOCTEUR

Je dis ça parce que vous ne me les montrerez pas ; c'est une façon de parler... Je parie que je vous désigne, sans me tromper, la Parisienne.

MONSIEUR LE DIRECTEUR

Vous avez du flair...

LE DOCTEUR

Un peu...

MONSIEUR LE DIRECTEUR

Seulement, je vous défie de dénicher une Parisienne ici !...

LE DOCTEUR

Allons donc !

MONSIEUR LE DIRECTEUR

Toutes ces dames nous sont envoyées par l'étranger ; c'est même pour ça que leurs compatriotes les trouvent si Parisiennes !

LE DOCTEUR

Vous vous moquez !

MONSIEUR LE DIRECTEUR

Pas du tout ! Quand le Roi des Rois est venu à Paris, dernièrement, on a voulu lui trouver une compagne ; il désirait absolument une Parisienne, lui aussi. Sur dix sujets, soumis à son choix, il y avait : trois Autrichiennes, deux Anglaises, deux Berlinoises, une Roumaine, une Italienne, et une Française, vous entendez, une seule... Encore

ON A VOULU LUI TROUVER UNE COMPAGNE...

était-elle née à Téhéran, de mère espagnole !

LE SECRÉTAIRE, *sourit discrètement.*

...

LE DÉPUTÉ

Il en a fait, une fête, le Roi des Rois !

LE SÉNATEUR

Parbleu !... Les souverains sont trop heureux d'avoir une République voisine, où ils puissent venir en cachette, s'égayer un peu. C'est excellent, pour les relations diplomatiques.

LE CONSEILLER GÉNÉRAL

Je ne sais pas si vous êtes de mon avis, mais je trouve qu'on est à l'étroit dans cette boîte... J'ai besoin de me dégourdir les jambes. Vous venez ?

LE DÉPUTÉ

Oui... Voici l'entr'acte... Allons dans le jardin.

LE SÉNATEUR

Vous n'avez pas peur de vous perdre ?

LE DOCTEUR

Vous savez que votre femme m'a

bien recommandé de veiller sur vous ! Je vous accompagne.

LE DÉPUTÉ

Il n'y a pas de danger !...

Ces messieurs sortent de la loge, allument de grands cigares bon marché, et se mettent à dévisager les femmes avec une timidité audacieuse.

LE DOCTEUR

Ça m'amuse de venir ici... Je n'y suis pas retourné depuis mon mariage.

LE DÉPUTÉ

Moi, je n'y étais pas allé depuis mon voyage de noces. C'est loin !... Et vous.

LE CONSEILLER GÉNÉRAL

C'est la première fois que j'y viens.

LE SÉNATEUR

J'y fais un tour, chaque année, au retour des vacances, quand je suis seul... Ma femme part toujours une semaine après moi.

LE DÉPUTÉ

C'est le bon moment, cette semaine-là ! On se sent jeune et libre !

LE DOCTEUR

Hé, vous prenez feu ! On dirait que vous n'êtes jamais venu aux Folies.

LE DÉPUTÉ

Si... autrefois, quand j'étais garçon. A ce moment, cela ne m'amusait pas... je trouvais toutes les femmes vieilles et laides... Aujourd'hui, il me semble qu'elles ont toutes rajeuni et embelli.

LE SÉNATEUR, *mélancolique.*

Ce sont pourtant les mêmes, à quelques exceptions près.

LE DOCTEUR

C'est vous, cher ami, qui êtes moins difficile...

LE CONSEILLER GÉNÉRAL

Ces femmes-là, ça ne m'inspire aucune confiance !

LE DÉPUTÉ

N'empêche que vous les regardez avec des yeux plus grands que le ventre !

LE CONSEILLER GÉNÉRAL

Je regarde leurs déguisements, voilà tout !

LE DÉPUTÉ

Ouiche... vous ne regardez que celles qui sont décolletées. Ne vous défendez pas ! Moi aussi, je me sens tout... tout... comment dire ?

MONSIEUR LE DIRECTEUR

Notre honorable collègue a des idées, ce soir !

LE DÉPUTÉ

Ma foi, je ne le nie pas ! Je ne suis plus habitué à la... vadrouille ; cela me paraît délicieux ! Aussitôt après la séance, vous nous avez emmenés au café, sous prétexte d'arrêter le plan de conduite du département dans la discussion des lois de défense ; vous m'avez fait boire de l'absinthe... Nous sommes allés dîner chez Frédéric, où nous avons copieusement arrosé le canard de la maison... puis vous m'avez entraîné ici... toujours sous prétexte d'arrêter un plan de conduite... Je ne sais plus où nous allons !

LE SÉNATEUR

Ne vous faites pas tant de scrupules... Tenez, là-bas, le monsieur qui cause

CES MESSIEURS SE METTENT A DÉVISAGER LES FEMMES...

avec la petite blonde... Vous ne le reconnaissez pas ?

MONSIEUR LE DIRECTEUR

C'est Marouillot, le président du groupe de la Droite républicaine... Il a dû laisser sa femme dans le Gers.

LE DOCTEUR

Et j'ai entrevu, dans l'avant-scène, le dos voûté d'Ouvrier, le rapporteur du bdbget... Il vient prendre des leçons d'équilibre.

LE CONSEILLER GÉNÉRAL

Je pense qu'il n'est pas défendu à

l'homme politique de se détendre un peu ? La session sera, du reste, très chargée... Avec l'impôt sur le revenu, nous entrons dans le domaine de l'Inconnu et...

LE DOCTEUR, *lui coupant la parole.*

Qu'est-ce que vous prenez ?

LE CONSEILLER GÉNÉRAL

Une grenadine au kirsch.

Les messieurs s'attablent ; on leur sert des liqueurs fantaisistes et multicolores.

— BONJOUR, MON CHÉRI !...

Une belle dame, simplement vêtue de rouge vermillon et coiffée d'une toque à panache, s'approche du Conseiller, et lui noue tendrement ses bras autour du col, à la grande stupéfaction des autres.

LA DAME

Bonjour, mon chéri.

LE CONSEILLER GÉNÉRAL, *surpris.*

Mais... madame, je ne vous connais pas !

LA DAME

Parbleu ! Ça ne fait rien... j'ai rêvé de toi cette nuit. Tu vas m'offrir une chartreuse verte, avant qu'il soit peu...

LE DOCTEUR, *vivement.*

Comment donc ! Deux, si vous voulez !

LA DAME, *au Conseiller.*

Tu vois ! Ton petit camarade est bien plus gentil que toi ! Il a de l'usage, lui ! Il m'aura quand il voudra... en y mettant le prix...

LE DOCTEUR, *à monsieur le Directeur.*

Vous ne voyez pas d'inconvénient à...?

MONSIEUR LE DIRECTEUR

Du tout !... Ici je ne suis qu'un homme privé...

LA DAME

De quoi que tu es privé, dis, Nib-de-Tiffes ?

Cette allusion à sa calvitie fait sourire le grand dignitaire.

LE DÉPUTÉ

Comment vous appelle-t-on, madame?

LA DAME

On ne m'appelle pas... Je viens toute seule. Je me nomme Hélène. Et toi ?...

LE DÉPUTÉ

Gustave !

LA DAME, *apitoyée.*

Oh ! mon pauvre gros ! C'est de naissance ? Alors y a rien à y faire... Dis, le serpent à lunettes, tu vois la petite brune, qui est si mignonne, là-bas... Tu veux bien que je l'appelle ?

LE CONSEILLER GÉNÉRAL, *faiblement.*

Mais oui ! Pourquoi pas ?

HÉLÈNE

Puisque tu insistes... (*Appelant.*) Hé... Camille... Viens... J'ai déniché tout un poirier... Aide-moi !... (*Camille accourt.*)

CAMILLE

Ah !... Tu es seule pour tant de monde. Donne-m'en la moitié. (*Saluant.*) Messieurs !... Tiens, le petit qui ne dit rien est gentil !...

Le secrétaire rougit et sourit discrètement.

CAMILLE, *aux autres.*

Est-ce qu'il parle ? Vous me le ferez marcher tout à l'heure, pas vrai ?

HÉLÈNE

Qu'est-ce que tu prends ?

CAMILLE

Une veilleuse, comme toi...

LE CONSEILLER GÉNÉRAL

Vous ne préférez pas une grenadine ?

HÉLÈNE

Non... on ne préfère pas ! Balek ! Ça veut dire en arabe : « Barrez ! » Qu'est-ce que vous faites, de votre métier ?

LE SÉNATEUR

Nous sommes dans les affaires.

CAMILLE

Quelles affaires ?

LE SÉNATEUR

Les affaires publiques, mon enfant !

HÉLÈNE

J'y suis ! Vous êtes quelque chose dans le Gouvernement !

LE SÉNATEUR

Juste !

HÉLÈNE, *à Camille.*

Acrais, ma belle ! C'est sûrement trois hommes mariés.

LE DOCTEUR

A quoi voyez-vous ça !

HÉLÈNE

Parce que les quarante-cinq-balles ont toujours des légitimes... C'est vrai ! Aujourd'hui, rentrée des Chambres ! Le soir, on se paye la bombe !

LE CONSEILLER GÉNÉRAL

En effet... Aujourd'hui, la Chambre a rouvert ses portes ; après une allocution du président Lethiers, fort goûtée, on a procédé à l'installation des pouvoirs et...

HÉLÈNE, *au Docteur.*

Crois-tu qu'il le vend, son piano ?

LE CONSEILLER GÉNÉRAL, *surpris.*

Quel piano ?

CAMILLE

Comment ? Tu ne sais pas que quand un monsieur vous cramponne avec des histoires barbantes, on dit qu'il « vous vend son piano ? » On ne t'a donc rien appris à la laïque ? T'as assez vendu !... Emballe !

HÉLÈNE

Alors, vous êtes sénateurs, députés, cons-cipaux quoi ?

LE SÉNATEUR

Il y a un peu de tout ça !

CAMILLE

C'est très mêlé... Et le petit, il en est aussi ?

LE DÉPUTÉ, *jaloux.*

C'est le secrétaire de monsieur.

CAMILLE, *intimidée, à monsieur le directeur.*

Ah ? T'as un secrétaire ! Qu'est-ce qu'il fait ?

MONSIEUR LE DIRECTEUR, *jovial.*

Il fait ma besogne.

CAMILLE, *pensive, regardant le jeune homme.*

Ah ! bah !

Le secrétaire rougit à tour de bras.

HÉLÈNE

C'est pas tout ça, parlons peu et parlons bien. Qu'est-ce que vous faites de votre soirée ?

LE DOCTEUR

Vous le voyez : nous la passons le plus gaiement possible en compagnie de personnes délicieuses.

HÉLÈNE

Toi, tu es trop poli pour être honnête ! Qui de vous va nous emmener ? (*Silence.*) Ne parlez pas tous à la fois.

LE SÉNATEUR, *se décidant.*

Moi.

HÉLÈNE

A la bonne heure ! Il y en a un qui cause. Tu nous emmènes toutes les deux ?

LE SÉNATEUR

Toutes les deux !

CAMILLE

C'est beaucoup pour un homme seul.

LE SÉNATEUR

Dame ! En pleine session, j'hésiterais... Mais c'est aujourd'hui la rentrée !

HÉLÈNE

Et puis, mon oncle, il faut que tu te documentes sur la Traite des Blanches !

CAMILLE

C'est égal ! Faut que vous soyez rudement chiffes, les autres ! Il n'y en a qu'un qui se décide, et c'est le plus mûr !... Pauvre France !

LE DÉPUTÉ

Mais, mademoiselle, vous ne nous avez pas laissé le temps.

HÉLÈNE

Quoi ? Il te faut de la réflexion ?

LE DOCTEUR

Je vous assure que si notre ami ne nous avait devancés !

CAMILLE

Ah ! Bien sûr ! Maintenant que nous sommes en mains, vous allez nous dire des choses charmantes. Ils sont tous les mêmes ; ils ne peuvent faire la cour qu'aux femmes des autres.

LE DÉPUTÉ

Permettez !

CAMILLE

Heureusement qu'il y a une justice ! T'es marié, toi... j'en suis sûre ! T'as laissé ta femme là-bas, hein ?... Ce qu'elle doit s'en offrir !

LE DÉPUTÉ, *vexé.*

Ça ne vous regarde pas !

CAMILLE

Oui, mon petit ! Pendant que tu es aux Folies-Vachères, à regarder passer les grues, ta femme est aux Folies-Sommier, tu peux en être persuadé.

CAMILLE, *vexée à son tour.*

Oh !... chéri !... Ça t'ennuie qu'on te dise que tu en portes ?... T'as donc jamais rencontré de glace ?

— C'EST BEAUCOUP POUR UN HOMME SEUL.

HÉLÈNE, *sévère.*

Camille ! je te prie de te taire... ou je ne te présente plus.

LE DÉPUTÉ, *riant jaune.*

Laissez parler votre amie... Ça n'a pas d'importance.

LE SÉNATEUR, *rompant les chiens.*

Messieurs ! La séance est reprise !... Retournons-nous dans la salle ?

HÉLÈNE

Quoi ! On est bien ici. Tu as la bougeotte ?... Je te raconterai la fin de la pièce... Il y a un âne... deux clowns musicaux, une chanteuse, un ballet vénitien pour changer, des gens qui font du trapèze, un géant qui imite Litle Tich, un escamoteur ventriloque et un chansonnier.

LE CONSEILLER GÉNÉRAL

Madame a raison... ici on est mieux qu'en face.

LE DOCTEUR

Vous n'avez pas d'autres amies ?

CAMILLE

Gourmand, va !... Tu n'as qu'à choisir... Prends la plus mûre.

HÉLÈNE, *après un clin d'œil.*

Dis donc, Camille... Il faudrait songer à chercher notre vestiaire.

CAMILLE, *qui a compris.*

Oui, à propos !... Tout à l'heure, il y aura foule... (*Un temps.*) Tu as de la monnaie ?

HÉLÈNE

Non... Et toi ?

Silence. Ces dames regardent ces messieurs, qui trouvent soudain un grand intérêt aux gens qui passent. Seul, le jeune secrétaire porte la main à son gousset ; puis il réfléchit qu'il ne lui sied pas d'intervenir devant son supérieur, et il s'immobilise.

CAMILLE, *à Hélène, amère.*

Tu ne trouves pas qu'elle tend à disparaître la vieille galanterie française ?

HÉLÈNE

Je trouve... Alors, il n'y en a pas un de vous qui nous donnera notre vestiaire ?

LE SÉNATEUR

Mais si... tenez ! (*Il tend cent sous.*)

LE DÉPUTÉ

Non... laissez... c'est à moi ! (*Il tend vingt sous.*)

LE DOCTEUR

Du tout... Je m'en charge. (*Il tend deux francs.*)

LE CONSEILLER GÉNÉRAL

Cinquante centimes, ça suffit !

MONSIEUR LE DIRECTEUR, *au secrétaire.*

Georges... prenez ceci. (*Il lui donne un billet.*) et cherchez les manteaux de ces dames...

HÉLÈNE, *acceptant de toutes les mains.*

Merci... au moins, on ne vous l'a pas arrachée avec une pince ! A tout à l'heure... Tu viens, Camille ?

Ces dames s'écartent et vont se concerter dans un coin.

HÉLÈNE, *à Camille.*

Veux-tu mon avis ?... Tout ça, c'est de la purée ; il n'y a de chic que le chauve décoré... et il ne peut pas nous rentrer, vu qu'il doit être quelque chose dans les grandes huiles.

CAMILLE

Alors ? on les assoit ?

HÉLÈNE

Et vivement... Les hommes politiques, j'en ai soupé... le dernier que j'ai eu m'a laissé dix francs... et quand j'ai réclamé, il m'a répondu : « Ma chère, c'est le prix d'une voix dans ma circonscription. » Si tu m'en crois, on caltera...

CAMILLE, *rêveuse.*

Le secrétaire est gentil.

HÉLÈNE

Tiens, tiens !... Après tout, ça serait pas bête... il a le billet de son patron.

CAMILLE

Comment le lever sans attirer l'attention des autres ?

HÉLÈNE

Tu vas voir comme c'est simple...

Quelques instants après, le chasseur s'approche de la table où les parlementaires suçottent le fond de leurs petits verres, et parle bas au secrétaire, lequel parle bas à monsieur le directeur.

MONSIEUR LE DIRECTEUR

Mais certainement, mon ami... allez ! je n'ai plus besoin de vous.

Le secrétaire salue et s'en va.

LE DOCTEUR

Il va déjà se coucher votre jeune homme ?

MONSIEUR LE DIRECTEUR

Il paraît qu'on le fait demander.

LE SÉNATEUR

Ah ! il a trouvé chaussure à son pied, lui aussi ! A la bonne heure !

LE CONSEILLER GÉNÉRAL

Mais que deviennent vos petites femmes... Elles ne reviennent pas ?...

LE DÉPUTÉ

Nous auraient-elles lâchés ?

LE SÉNATEUR

Pas de blague ! Garçon!... (*Le garçon s'approche.*) Avez-vous vu passer les dames qui étaient avec nous, tout à l'heure ?

LE GARÇON

Oui, monsieur... elles viennent de partir avec votre ami... elles l'ont fait appeler par le chasseur. (*Consternation générale.*)

LE DÉPUTÉ, *rageur, à monsieur le Directeur.*

Vous aviez bien besoin de leur dire que votre secrétaire faisait votre besogne. Elles vous ont pris au mot.

MONSIEUR LE DIRECTEUR, *narquois, se levant.*

Cherchez-en d'autres... c'est pas ça qui manque ! Messieurs... l'orchestre joue la retraite... je vous laisse. (*Il s'éloigne.*)

LE SÉNATEUR

Cherchez-en d'autres... il est bon !... On s'en va !... et, à cette heure, elles sont toutes en mains.

LE DÉPUTÉ

C'est rageant ! Ça nous apprendra à emmener un jeune homme !

LE DOCTEUR

Voulez-vous que nous allions à l'Armoricain ?

LE SÉNATEUR

Non... c'est trop cher.

LE CONSEILLER GÉNÉRAL

Alors... je ne vois plus qu'une solution !... Allons... (*Il termine la phrase tout bas dans l'oreille du docteur.*)

LE SÉNATEUR, *qui a entendu.*

Y pensez-vous ? Nous, dans un endroit parcil ?

LE CONSEILLER GÉNÉRAL

Farceur ! C'est le Président du Conseil qui m'a donné l'adresse !... Et, du reste, l'établissement porte le nom d'un grand ministre de l'Intérieur !

LE DÉPUTÉ, *décidé.*

Allons !

Le lendemain, madame la députée du Lignon reçoit la lettre suivante :

« Ma chérie,

« La première séance s'est passée sans encombre. Nous nous sommes réunis ensuite dans nos bureaux ; avec quelques collègues, nous avons jeté les bases d'un nouveau groupe appelé à intervenir énergiquement dans les prochaines luttes. L'entretien, commencé au café, s'est continué au restaurant, et ensuite dans une baignoire du Théâtre-Français ; nous nous sommes séparés fort avant dans la nuit, après avoir placé notre groupe sous l'invocation du grand Turgot. Je suis accablé de travail, mais cela me distrait ; ne te presse donc pas de rentrer... etc., etc. »

RENTRÉE MALENCONTREUSE

Un salon bourgeois ; environs de la rue de l'Université : c'est riche, triste, et sans goût. Des tableaux prévus, portraits d'aïeuls, ou paysages enfumés ; cheminée ornée de cette pendule monumentale qui fut longtemps l'emblème de l'opulence pour le Tiers-État. Meuble de tapisserie, guéridon de Boule funèbre, rideaux de brocart.

M. Maingret, cinquante-cinq ans : une figure molle, blanche, sans expression, garnie de deux pattes de lapin aux tempes ; calvitie qui n'avoue pas encore. Il est auprès de la fenêtre et consulte un indicateur.

Madame Maingret, cinquante-deux ans, femme du précédent : une personne en soie noire d'une correction désolante ; elle semble un vieux cheval de corbillard méthodiste.

MADAME MAINGRET

Tu as trouvé ?

MONSIEUR MAINGRET

Non... C'est assommant, ces machins-là, on ne sait jamais où s'arrêter ; c'est comme au jeu de l'oie ; quand on arrive au 57 B. il faut aller au 35 A. et de là au 18 K...

MADAME MAINGRET

Tu aurais mieux fait de demander chez Cook, en retirant les billets, l'heure du train.

MONSIEUR MAINGRET

Ça ne les regarde pas... et puis il serait dommage qu'à mon âge, on ne sût pas chercher dans un indicateur !

MADAME MAINGRET

Veux-tu que je cherche, moi ?...

MADAME MAINGRET

Quoi ?

MONSIEUR MAINGRET

Le train... Ah ! non ! celui-là ne prend pas de voyageurs au delà de Lyon...

— ATTENDS !... JE LE TIENS !

MONSIEUR MAINGRET, *supérieur.*

Non, tu ne saurais pas... Attends !... je le tiens !

MADAME MAINGRET

Cherche Culoz... On trouve toujours, à Culoz.

MONSIEUR MAINGRET

Non... Je veux m'arrêter à Lyon... Je te ferai visiter la ville : tu verras comme c'est gai et gentil ! Cela commencera bien notre voyage.

MADAME MAINGRET

Ensuite, Aix... Il paraît que c'est charmant !

MONSIEUR MAINGRET

Peuh ! Des montagnes !... C'est toujours la même chose !

MADAME MAINGRET

Et puis, il y a le lac du Bourget.

MONSIEUR MAINGRET

Moi, je ne vivrai qu'en Italie !... Enfin, je vais voir l'Italie !... Toute ma vie, j'ai désiré ça !

MADAME MAINGRET

Je m'étais toujours dit : « Dès que Jacqueline sera mariée, je voyagerai beaucoup ! » Nous avons perdu trois ans !

MONSIEUR MAINGRET

Il fallait attendre que ma fabrique fût vendue ! Ta fille n'avait pas voulu épouser un homme capable de me succéder... Ah ! si j'avais eu pour gendre un garçon de la partie ; nous serions partis plus tôt !

MADAME MAINGRET

Si elle a épousé le monsieur qu'elle a pour mari, ce n'est pourtant pas de ma faute !

MONSIEUR MAINGRET

Certes ! Mais, si tu m'avais écouté, nous n'aurions pas donné notre consentement !

MADAME MAINGRET

Par exemple ! C'est toi qui m'as dit : « Après tout, un avocat, ça gagne de l'argent ; en truquant un peu, c'est plus sûr que l'industrie ! »

MONSIEUR MAINGRET

Je voulais en finir ! Ta fille l'aimait !

MADAME MAINGRET

Dis donc ! C'est aussi TA fille ! Elle tient assez de toi, pour l'entêtement !

MONSIEUR MAINGRET

Enfin, nous sommes libres ! Et nous allons nous rattraper... Tu verras Gênes, Milan... Crémone ! et puis Rome.

MADAME MAINGRET

Nous demanderons une audience ?

MONSIEUR MAINGRET

Certainement... Je connais quelqu'un à l'Ambassade... il nous montrera le Pape... Et puis nous pousserons jusqu'à Naples.

MADAME MAINGRET

Et la Sicile !

MONSIEUR MAINGRET

C'est une île ! Ce n'est pas curieux !... Nous rentrerons par Venise.

MADAME MAINGRET

Mon rêve ! Nous irons en gondole !

MONSIEUR MAINGRET

Bien entendu ! Ce sont les fiacres de là-bas !...

MADAME MAINGRET

Vraiment, quand j'y pense, je suis contente de n'avoir pas fait de voyage de noces... Nous aurions mal vu tout cela, nous l'aurions vu trop vite... Tandis que nous allons visiter tout en détail...

MONSIEUR MAINGRET

Cette fois... je le tiens ! 10 h. 20 du soir... Nous voyagerons de nuit... c'est moins éreintant...

MADAME MAINGRET

Et c'est autant de gagné sur l'hôtel. Alors... demain soir ?

MONSIEUR MAINGRET

Demain soir... Tu peux commencer la valise...

MADAME MAINGRET

La valise, c'est la moitié du plaisir ! Nous emporterons aussi un panier pour manger en train.

MONSIEUR MAINGRET

Inutile... Puisque nous arrivons à Lyon le matin...

MADAME MAINGRET

Ça ne fait rien ! Moi, j'adore manger en wagon... c'est encore plus drôle que de déjeuner sur l'herbe... Tu emportes un livre...

MONSIEUR MAINGRET

Les *Essais de Montaigne*... Chaque fois que je voyage j'emporte les *Essais*... j'en lis quelques pages... Je crois que j'en viendrai à bout, à la longue !

MADAME MAINGRET

Iras-tu dire au revoir à ta fille ?

MONSIEUR MAINGRET, *net.*

Non ! Elle viendra chez nous, si elle veut, mais je n'irai pas chez elle... Je ne veux pas rencontrer son mari... Je ferais un malheur !

MADAME MAINGRET

Voyons ! La veille d'un départ !

MONSIEUR MAINGRET

Ce monsieur est un goujat et une crapule ! Je lui ai dit son fait une bonne fois... Je ne le reverrai de ma vie !

MADAME MAINGRET

Tu as eu tort de t'emporter !

MONSIEUR MAINGRET

Comment ! un monsieur qui a le toupet de prétendre que je l'ai fourré dedans, en lui repassant des valeurs macédoniennes !... que la dot de sa femme devait être en titres français et que je le roulais !... Je suis un honnête homme, moi !... Je suis droit et carré en affaires... Je n'avais rien stipulé... Plus souvent que je me saignerais pour un citoyen qui me considère comme la boue de ses souliers, et qui m'a dit que j'étais bon à empailler !

MADAME MAINGRET

A ta place, je l'aurais mangé !

MONSIEUR MAINGRET

Je lui ai répondu avec hauteur ! Alors, il est tombé sur toi... Il a dit que tu montais la tête à ta fille, que tu désunissais son ménage et que tu n'aurais pas de cesse que tu n'aies fait le malheur de Jacqueline et le sien... il a même ajouté que quand on avait une femme comme toi, on ne la laissait pas sortir sans muselière !

MADAME MAINGRET, *furieuse.*

Ah ! Il s'est permis ? Eh bien ! Je lui promets de l'agrément ! La première fois que je verrai Jacqueline, je sais bien ce que je lui dirai pour qu'elle rende la vie impossible à mon cher gendre.. J'irai lui faire mes adieux rien que pour ça !

MONSIEUR MAINGRET

Qu'est-ce que tu lui raconteras ?

MADAME MAINGRET

Ne t'inquiète pas !... Jacqueline est jalouse... en trois mots, je la mettrai hors d'elle !

MONSIEUR MAINGRET

A ta guise... Sa fripouille de mari peut crever !... Je ne lui tendrai jamais la main ! (*On sonne.*)

MADAME MAINGRET

Tiens !... Deux coups ! Jacqueline sonne toujours deux coups !...

Jacqueline entre... C'est une jeune dame blonde, assez jolie, mais plutôt insignifiante. Elle est vêtue de couleur sombre.

JACQUELINE

Bonjour, papa... Bonjour, maman !... (*Baisers.*)

MONSIEUR MAINGRET, *inquiet.*

Voyons... Pas de fausse joie ! Tu es bien sûre que ton mari te trompe ?...

JACQUELINE

Il n'y a pas de doute.

MADAME MAINGRET

Tu l'as pincé sur... le fait ?

— MON MARI ME TROMPE !

MADAME MAINGRET

Qu'est-ce que tu as... tu es toute nerveuse !

JACQUELINE, *fondant en sanglots.*

Mon mari me trompe !

MONSIEUR MAINGRET

Pas possible.

MADAME MAINGRET, *au comble du bonheur.*

Allons donc ! je l'avais prédit !

JACQUELINE

Non... Mais c'est tout comme !

MADAME MAINGRET, *joyeuse.*

Alors, puisque tu es bien sûre... raconte-nous ça !

JACQUELINE

Ce n'est pas bien drôle, va !

MONSIEUR MAINGRET

Cependant, ma chère enfant, il faut que nous sachions tout, pour pouvoir te conseiller !

MADAME MAINGRET

Ton père a raison... Dans une circonstance aussi grave, il importe que nous connaissions les moindres détails.

JACQUELINE

Voilà... puisque vous y tenez... Depuis quelques jours, Edmond était irritable... Dès que je lui parlais de toi, maman, il entrait en fureur !

MADAME MAINGRET

Naturellement !

JACQUELINE

Il criait : « J'en ai assez... Quand ta vieille chouette de mère n'est pas là, tu es quand même sous son influence !... je n'ai plus une minute de tranquillité... ! »

MADAME MAINGRET, *avec un coup d'œil à son mari.*

Bravo !

JACQUELINE

« ...On finira par me pousser à bout ! Je ferai des sottises... et c'est vous tous qui l'aurez voulu ! »

MONSIEUR MAINGRET, *amer.*

Il met ses torts de notre côté ! Admirable !

JACQUELINE

Et puis, tout d'un coup, il est devenu charmant. Plus j'étais désagréable... plus il était prévenant, tendre, soumis.

MADAME MAINGRET

Tu aurais dû te méfier !

JACQUELINE

Au contraire... Tu m'avais dit : « Les hommes, il ne faut jamais rien leur céder. Il faut les tenir en respect... C'est comme ça que j'ai maté ton père !... »

MONSIEUR MAINGRET, *vexé.*

Hein ?... Quoi ?

MADAME MAINGRET

Continue... continue !

JACQUELINE

C'est ce que j'ai fait ! J'ai continué... je fermais ma chambre au verrou, le soir... et le reste du temps, je m'arrangeais pour n'être jamais seule avec lui.

MADAME MAINGRET

Excellent !... Tu avais suivi mes conseils ! Tu lui coupais les vivres !...

JACQUELINE

Ils sont précieux, tes conseils !... Mon mari a essayé de forcer la porte... Mais j'avais mis une barricade derrière... Il est rentré chez lui en murmurant... j'ai entendu : « Ça ne peut pas durer... je n'y tiens plus !... Tant pis ! »

MONSIEUR MAINGRET

Quel tempérament de charretier !

MADAME MAINGRET, *sévère.*

Ça... ce n'est pas ce que je lui reprocherais !

JACQUELINE

La vie a continué... On ne se parlait pas... Edmond sortait toute la journée... Il n'essayait plus de forcer ma porte... et pourtant. (*Confuse.*) J'avais cessé de mettre le verrou...

MADAME MAINGRET

C'était un tort.

JACQUELINE

Il y a des moments où on ne réfléchit pas... huit jours se sont passés... la situation ne changeait point... je commençais à être inquiète... lorsque la femme de chambre est venue me trouver, hier matin.

MADAME MAINGRET

Marie... celle que j'ai placée chez toi ?

JACQUELINE

Oui... elle m'est très dévouée... Chaque fois que mon mari fait quelque chose de pas naturel, elle court m'en avertir... Elle entre dans ma chambre, hier matin... et elle me remet ce papier... (*Elle tend une dépêche.*)

MADAME MAINGRET, *lisant.*

... « Mon chéri magnifique !... C'est demain que j'inaugure mon nouveau sommier... Fête intime, feux d'artifice, réjouissances nautiques et jeux icariens... » Jeux icariens ! Qu'est-ce que ça veut dire ?

JACQUELINE

Je l'ignore ! C'est signé : « Ton Coco ! »

MADAME MAINGRET

Qui est-ce ?

MONSIEUR MAINGRET

Il y a beaucoup de Coco !

JACQUELINE

En effet... Aussi je n'ai pas hésité... je suis partie la première... j'ai guetté mon mari au coin de la rue et je l'ai suivi en fiacre. Il s'est arrêté, 19, rue Marbeuf... il a gardé sa voiture... Je ne savais pas ce que je devais faire.

MADAME MAINGRET

C'est bien simple : aller me chercher.

JACQUELINE

Je n'y ai pas songé... j'étais trop malheureuse... Je suis restée indécise dans mon fiacre, environ un quart d'heure... et puis, j'ai pris une résolution... je suis entrée... Dans le vestibule, il y avait une pancarte avec les noms des locataires et, en regard, une pancarte : *sorti... rentré.*

MADAME MAINGRET

Tiens... C'est commode pour les cambrioleurs.

JACQUELINE

J'ai regardé tous les noms... j'ai vu, au deuxième : « mademoiselle Carmen d'Ambleteuse. » Elle n'était pas sortie, elle ; j'ai grimpé au deuxième, j'ai sonné.. une bonne m'ouvre... je dis : « Je viens de la part de la mère de madame... — La mère, c'est moi », me répond la bonne.

MONSIEUR MAINGRET

Pas de chance.

JACQUELINE

Quand j'ai vu ça, j'ai perdu la tête, j'ai bousculé la bonne et je me suis précipitée dans la première porte venue... j'ai déboulé dans une chambre... Et qu'est-ce que je vois là ?...

MADAME MAINGRET, *captivée.*

Dis... dis vite !

JACQUELINE

Mon mari !... avec une femme demi-nue sur ses genoux... Il ne s'était même pas déshabillé !

MONSIEUR MAINGRET

Dame... il n'avait peut-être pas eu le temps... tu sais... quand on est dans les affaires !

MADAME MAINGRET, *furieuse.*

Monsieur Maingret ! (*A sa fille.*) Le misérable ! Va... va vite !... Après ?

J'AI BOUSCULÉ LA BONNE...

JACQUELINE

J'ai poussé un cri ! j'ai refermé la porte... et je me suis sauvée !...

MADAME MAINGRET

Il fallait sauter à la gorge de cette femme et l'étrangler !... Ah ! tu n'auras jamais de décision dans la vie !

JACQUELINE, *en larmes.*

Si... j'en aurai... Je suis résolue à divorcer...

MADAME MAINGRET

A la bonne heure ! Pas de pardon ! Il recommencerait !

JACQUELINE

Et je viens m'installer chez vous !

MADAME MAINGRET

Très bien ! Ta mère est là, mon enfant, tu peux compter sur elle ! (*Elle l'embrasse.*)

JACQUELINE

Ah ! maman ! Pourquoi t'ai-je quittée ! J'étais si heureuse, près de toi !

MADAME MAINGRET

Tu le reconnais un peu tard... Mais, n'aie pas peur ! Nous allons le faire marcher, ton mari !

MONSIEUR MAINGRET, *entre ses dents.*

Marcher !... Ce n'est pas ça qui l'embarrasse !

MADAME MAINGRET

Auguste ! (*Monsieur Maingret se tient coi.*) Jacqueline, mon enfant, va dans mon cabinet de toilette, ôte ton chapeau, bassine-toi les yeux, et reviens : nous allons arrêter un plan de conduite.

JACQUELINE

Jamais je ne remettrai les pieds chez mon mari !

MADAME MAINGRET

Ça, je te le promets... va ! (*Jacqueline sort.*) Pauvre enfant ! Heureusement qu'elle a sa mère.

MONSIEUR MAINGRET

Elle va s'installer ici ?

MADAME MAINGRET

Certainement... Ça fera enrager le sieur Edmond.

MONSIEUR MAINGRET

Merci... et notre voyage ?

MADAME MAINGRET, *décontenancée.*

Oh ! je n'y songeais plus !

MONSIEUR MAINGRET

J'y songeais, moi... Si Jacqueline s'installe ici, il n'y a plus de voyage possible.

MADAME MAINGRET

Elle restera seule, voilà tout !

MONSIEUR MAINGRET

On nous jugera sévèrement... laisser notre fille seule... en une pareille crise ?

MADAME MAINGRET

C'est vrai !

MONSIEUR MAINGRET

L'envoyer à l'hôtel ? C'est encore pis ! Au couvent ?... Elle y périra d'ennui... Notre voyage est fichu, va...

MADAME MAINGRET, *méditative.*

Diable !... C'est très contrariant.

Long silence plein de réflexions. Jacqueline rentre.

J'AI POUSSÉ UN CRI ! J'AI REFERMÉ LA PORTE...

JACQUELINE

Eh bien... Qu'est-ce que vous avez décidé, à mon sujet ?

MADAME MAINGRET

Ma chère petite, c'est très délicat... il ne faut pas prendre à la légère des résolutions aussi graves !... Un divorce, c'est une affaire très sérieuse !

JACQUELINE

En effet, mais...

MADAME MAINGRET

C'est ta vie bouleversée, celle de ton mari...

JACQUELINE

Oh ! celle de mon mari !

MONSIEUR MAINGRET

Elle compte tout de même !... Interroge-toi d'abord !

JACQUELINE

C'est fait... Il ne compte plus pour moi.

MADAME MAINGRET

On dit ça ! Et puis on se découvre un tas de petits liens que l'on ne soupçonnait pas... Edmond n'est pas un mauvais garçon, au fond !

JACQUELINE, *surprise.*

Quoi ! Tu le défends !

MONSIEUR MAINGRET

Ta mère ne le défend pas !... Elle le juge... C'est vrai, Edmond n'a pas le fond mauvais.

JACQUELINE

Mais il m'a trompée !

MONSIEUR MAINGRET

Il t'a trompée !... D'abord, en es-tu bien sûre ?

JACQUELINE

Je l'ai trouvé avec une femme nue sur ses genoux.

MADAME MAINGRET

Pas nue ! Demi-nue seulement ! C'est toi qui l'as dit !

MONSIEUR MAINGRET

Cette femme n'est pas... ne peut être sa maîtresse en titre.

JACQUELINE

Comment le sais-tu ?

MONSIEUR MAINGRET

Il avait gardé sa voiture à l'heure ! C'est une cliente, entends-tu ! une cliente qui l'a reçu... en déshabillé...

JACQUELINE

Oh ! c'est trop fort ! Tu me prends pour une niaise !

MADAME MAINGRET

Admettons qu'il ait été coupable... je ne le crois pas, mais admettons ! Est-ce que tu ne l'y as pas obligé ? Est-ce que tu ne l'as pas poussé à bout?

JACQUELINE

Moi ?

MADAME MAINGRET

Est-ce que tu n'as pas été désagréable avec lui ?... Est-ce que tu ne lui as pas fait de ridicules scènes de jalousie ?...

JACQUELINE

Mais c'est toi qui m'as conseillée !...

MADAME MAINGRET

Je ne t'ai jamais conseillé de refuser le devoir à ton mari... je ne l'ai jamais refusé à ton père, au contraire ! Ce serait plutôt lui qui...

MONSIEUR MAINGRET, *vexé.*

Ah ! je t'en prie !

MADAME MAINGRET

Tu as mis Edmond à la diète ! Un garçon qui n'est pas une mauviette ! La nature, quand elle parle, couvre souvent la voix du Devoir !

MONSIEUR MAINGRET, *ému.*

Très bien.

JACQUELINE

Mais cette lettre !...

MADAME MAINGRET

La bonne avait bien besoin de te la remettre... un papier sans importance... Sais-tu ce que c'est que des *jeux icariens ?* Non ? Eh bien, alors !... La bonne t'a monté la tête... Tu me feras le plaisir de chasser cette fille qui moucharde ses maîtres !

JACQUELINE

Que dois-je faire ?

MADAME MAINGRET

Pardonner !

JACQUELINE

Jamais !... Il recommencera, tu l'as dit toi-même !

MADAME MAINGRET

Mais non ! La leçon a été dure : si tu t'y prends bien, elle profitera...

MONSIEUR MAINGRET

D'ailleurs, mon enfant, en voilà assez.. puisque tu n'es pas raisonnable, je vais parler en père... je t'ordonne de rentrer chez ton mari ! Il le faut, tu le dois !...

JACQUELINE

Je ne peux rentrer ainsi... toute seule... m'humilier devant lui.

MADAME MAINGRET

Ton père va t'y reconduire !...

MONSIEUR MAINGRET

Ah ! merci !...

MADAME MAINGRET

Ton père va t'y reconduire tout de suite ! Embrasse-moi. (*Jacqueline obéit.*) Va mettre ton chapeau et bassine-toi les yeux ! (*Jacqueline sort.*)

MONSIEUR MAINGRET

C'est gai !... Aller s'aplatir devant ce monsieur et le supplier de reprendre sa femme !

MADAME MAINGRET

Va vite ! et reviens !... Je ferai la valise en ton absence... Nous partirons ce soir !

MONSIEUR MAINGRET

Jacqueline n'aurait qu'à se raviser ! (*Jacqueline reparaît.*) Là... Viens, mon enfant.

MADAME MAINGRET, *les reconduisant.*

Ah ! ma pauvre petite ! Sans ta mère, qu'est-ce que tu ferais ?

RENTRÉE AU PAYS

Un intérieur d'employé gêné ; salle à manger avec table, suspension ; par une fenêtre, on entrevoit un panorama de toits, dominé par la Tour Eiffel. Aux murs, des chromos, natures mortes, moines hilares ; un buffet, orné d'attributs sculptés.

Madame Mazeroud, forte personne sans âge, sans physionomie, sans costume, est occupée à nettoyer des légumes.

On sonne ; elle cache vivement légumes et tablier dans le buffet, puis va ouvrir.

Entre Chotelle. Un vomitif en redingote.

CHOTELLE

Bonjour, madame Mazeroud. Votre mari n'est pas sorti ?

MADAME MAZEROUD

Non, monsieur Chotelle. Il est dans notre chambre, couché tout de son long.

CHOTELLE

Je le dérange... il n'est pas de bonne humeur ?

MADAME MAZEROUD

On dirait d'une châtaigne... on ne sait par quel côté l'aborder.

CHOTELLE

Bien... si j'avais su !

MADAME MAZEROUD

Vous ne seriez pas monté, n'est-ce pas !

CHOTELLE, *confus.*

Je n'ai pas voulu dire ça !

MADAME MAZEROUD

Que si !... Et je vous comprends ! Avec ses perpétuelles récriminations, mon pauvre mari a écarté peu à peu tous ses amis... Il n'y a guère que vous, qui teniez bon... Ah ! monsieur Chotelle ! Vous qui avez un peu d'influence sur lui, vous devriez bien lui remonter le moral !

CHOTELLE

En effet... il tourne au sombre... il devient ironique...

MADAME MAZEROUD

Ah ! ça vous a frappé ?

CHOTELLE

Oui... Ces messieurs du bureau ont

pensé qu'il souffrait de l'estomac... comme tous les gens ironiques...

MADAME MAZEROUD

Vous seriez bien gentil de le consoler...

CHOTELLE.

de l'arracher à ses mauvaises idées... C'est dit... je vous l'envoie ?

CHOTELLE, *seul.*

Je connais quelqu'un qui aurait mieux fait de rester chez lui... Je déteste ces commissions-là !

Entre Mazeroud, un grand gars, maigre, vieilli.

MAZEROUD

Salut, Chotelle ! Je te demande pardon... je dormais.

CHOTELLE

Je t'ai fait lever, paresseux !

MAZEROUD

Un dimanche ! on lézarde... Un domino ?

CHOTELLE

Volontiers. (*Madame Mazeroud apporte le domino.*) A propos... ça ne va donc pas, mon pauvre vieux...

MAZEROUD

Qu'est-ce qui ne va pas ? Ça va très bien...

CHOTELLE, *décontenancé.*

Je croyais... Je te demande pardon... C'était ta femme... qui...

MAZEROUD

Ma femme t'a dit que je ne me portais pas bien ?

MADAME MAZEROUD, *vivement.*

Mon ami... Monsieur Chotelle s'est mépris...

MAZEROUD

Je devine... Tu as raconté à Chotelle que je tournais au maniaque... N'est-ce pas, Chotelle ?... Madame t'a fait ses confidences ! Elle t'a prié de me chapitrer !

CHOTELLE, *à part.*

Que je suis donc contrarié d'être monté !

MAZEROUD

Eh bien, oui, mon bon !... Il faut que je perde la tête, que je sois assez peu raisonnable pour ne pas me contenter de ce que j'ai !...

MADAME MAZEROUD

Ça va recommencer !

MAZEROUD

Il n'existe personne de plus ingrat que moi envers la Providence ! Et je pousse la bassesse jusqu'à envier le sort du moindre rentier !

CHOTELLE

Tu as bien tort de t'occuper des autres... ils ne s'occupent guère de toi !

MAZEROUD

Est-ce que je fais envie à quelqu'un, moi ? Est-ce qu'il viendra jamais à quelqu'un l'idée de se dire : « Ah ! ce Mazeroud ! Quel veinard ! Il gagne deux cents francs par mois dans les bureaux de l'Assurance contre les Accidents de Terrain !... A peu près cinq francs par jour !... » Cinq francs avec lesquels il faut vivre, manger et s'habiller ! Par exemple, avec ce qui reste, on est libre de se payer un coupé au mois, des cigares à bague et un petit hôtel !

CHOTELLE

Soit... c'est peu... mais on a la retraite !

MAZEROUD

Six cents francs... et on n'a même plus le droit de mourir de faim !

MADAME MAZEROUD

Tiens... tu es injuste !

MAZEROUD

Voilà ! j'en étais sûr... Mais regarde-le, mon intérieur ? Regarde-le, Chotelle !

CHOTELLE

Il est gentil ! Et propre !

MAZEROUD

Il n'y a rien qui accroche la poussière ! Tiens, toute ma vie j'ai désiré une chaise longue... il a fallu m'en passer !

CHOTELLE

On peut vivre sans une chaise longue !

MAZEROUD

Et une lampe à pied... avec un abat-jour qui a l'air d'une jupe de danseuse...

MADAME MAZEROUD

Prive-toi de fumer, tu l'auras ton abat-jour !

MAZEROUD

Toujours se priver !... Je vois bien de quoi je me prive ! je ne vois pas de quoi je ne me prive pas !

CHOTELLE

Et ce sont ces petites choses qui te font souffrir ?

MAZEROUD

Je souffre d'habiter au sixième... devant cette perspective de toits funèbres, que borne au lointain, immuable, la Tour Eiffel... Je souffre d'habiter un appartement où on gèle, où on rissole... où on ne respire jamais...

CHOTELLE

Tu es peut-être plus heureux au sixième que les gens riches au premier.

MAZEROUD

Ouiche ! Voilà un bruit que les gens du premier font courir afin que les gens du sixième n'aient pas l'idée de descendre... Et ce qui m'enrage, c'est de penser qu'il y a là, en face, des gens qui connaissent le bonheur ? Et que, moi, je ne le connaîtrai jamais !

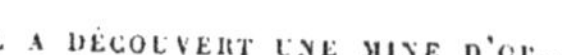
IL A DÉCOUVERT UNE MINE D'OR...

CHOTELLE

Autrefois... tu ne te croyais pas si malheureux.

MAZEROUD

C'est que j'espérais encore !... Quoi ? Je l'ignore... des aubaines imprévues ! un coup de fortune... Maintenant, c'est bien fini.

MADAME MAZEROUD

A moins que le cousin Gaucher ne se décide à revenir !

CHOTELLE

Quel cousin Gaucher ?

MAZEROUD

Un malin, qui est parti un beau matin pour le Transvaal ; et là... il a découvert une mine d'or, en se promenant.

MADAME MAZEROUD

La Rosemonde !

MAZEROUD, *ouvrant un tiroir.*

Voilà son portrait.

CHOTELLE

Il a une figure expressive !

MAZEROUD

Il a l'air d'un sot... mais il est vingt fois millionnaire.

CHOTELLE

Et ce richard n'a pas pensé à vous !

MAZEROUD

Si fait... Tant qu'il a été pauvre...

CHOTELLE

Et ensuite ?

MAZEROUD

Il nous a oubliés... depuis dix ans, plus de nouvelles !

MADAME MAZEROUD

Qui sait... il rentrera au pays au moment où on l'attendra le moins... Après fortune faite... Je vous laisse... Je vais surveiller mon dîner... (*Elle sort.*)

CHOTELLE

Pauvre femme ! Tu n'es pas gentil pour elle...

MAZEROUD

Voyons ! Chotelle ! Tu as regardé madame Mazeroud ! Là... vrai ! Est-ce que c'est un objet de convoitise ? Est-ce que tu t'es jamais dit : « Voilà un joli bébé à qui je ferais volontiers la cour ? »

CHOTELLE

Pourquoi pas ?

MAZEROUD

Farceur !

CHOTELLE

Et puis... autrefois...

MAZEROUD

Tu, tu ! Elle n'a jamais vieilli... parce qu'elle n'a jamais été jeune !... J'ai beau me répéter qu'elle est pleine de qualités : je vois autour de moi la femme d'Un Tel qui est exquise, la femme de Chose qui lui apporta une belle dot ! Et je songe avec amertume que si je suis resté simple employé, c'est la faute de madame Mazeroud qui m'a apporté en dot... devine quoi ? Cent sous dans une bourse en acier !

CHOTELLE, *au fond.*

Chut !... derrière la porte !... du bruit !

MAZEROUD

Tu crois... Elle nous écoutait ?

CHOTELLE

Je le crains ! Tu as parlé trop haut !

MAZEROUD

Diable ! Pauvre Louise ! Tiens, voilà ce que c'est que de n'avoir pas le moyen de se payer des portières !

Madame Mazeroud rentre ; elle a les yeux rouges.

CHOTELLE, *s'esquivant.*

Bonsoir... je reviendrai pour le dîner !

MADAME MAZEROUD, *fondant en larmes, dès que Chotelle est parti.*

Oh ! René.

MAZEROUD

Quoi... Qu'est-ce que tu as ?

MADAME MAZEROUD

J'ai... entendu !

MAZEROUD

Tant pis... On retient la vérité durant des années, et puis, une fois... elle s'échappe... et on ne peut plus la rattraper...

MADAME MAZEROUD

Si tu ne veux plus de moi... je m'en irai... Tu ne me verras plus.

MAZEROUD

C'est ça ! Fais-moi passer pour un bourreau, tout de suite... un misérable qui chasse sa femme !... oh ! puis, assez pleuré ! Ne me gâte pas mon joyeux dimanche !... Passe-moi *les Trois Mousquetaires.* (*Il s'absorbe dans la lecture. On sonne.*)

MADAME MAZEROUD

Faut-il dire que tu es là ?

MAZEROUD

Ça te regarde !... En voilà un qui sera bien reçu !

MADAME MAZEROUD, *reparaissant toute pâle.*

Mazeroud... Il... il est là !... C'est lui !

MAZEROUD

Qui ça... *lui ?*

MADAME MAZEROUD

Le cousin Gaucher !

MAZEROUD, *se levant.*

Gaucher ! Bon dieu de bois !... Tu es sûre ?

MADAME MAZEROUD

Il m'a dit en entrant : « Vous ne me remettez pas ? Je suis le cousin Gaucher ! »

MAZEROUD

Et tu le laisses dans l'antichambre ! (*Allant à l'antichambre.*) Mon cousin !

GAUCHER, *entrant : tête, allure, maigreur de jockey ; vêtement de jockey.*

Mazeroud ! Tu me reconnais ?

MAZEROUD, *ému.*

Si je te !... si je vous ! ah ! oui, par exemple ! Pour une surprise !... c'est une surprise ! Nous parlions encore de vous tout à l'heure, avec ma femme.

GAUCHER

Ma cousine ? On peut vous embrasser !... Tu permets ?

MAZEROUD

Comment donc !... A quel hôtel êtes vous... es-tu descendu ?

GAUCHER

J'arrive de la gare.

MAZEROUD

Et tu es venu tout de suite nous voir ?

GAUCHER

Vous êtes mes seuls parents.

MAZEROUD, *pénétré.*

Et tes seuls amis, va !

MADAME MAZEROUD

Mon cousin... venez vous passer de l'eau sur les mains... (*Elle emmène Gaucher dans la chambre.*)

MAZEROUD, *seul.*

Maladroite !... Elle lui laisse voir notre purée ! Ça suffit pour le mal disposer.

MADAME MAZEROUD, *rentrant seule.*

Eh bien ! Trouves-tu toujours qu'il faut désespérer ? Le bonheur nous tombe du ciel !

MAZEROUD

Nous en sommes si près, du ciel ! Je suis encore étourdi. Il n'a pas trop changé, Gaucher, depuis dix ans.

MADAME MAZEROUD

Et quelle figure distinguée !

MAZEROUD

L'homme qui possède une mine d'or

a toujours l'air distingué... Oh! son portrait! Il faut le mettre en évidence.

MADAME MAZEROUD

Comme il est simple et sans façon, pour un millionnaire!

MAZEROUD

Tu as remarqué qu'il m'a tutoyé!

MADAME MAZEROUD

Il a dit: « Vous êtes mes seuls parents... »

MAZEROUD

Ça signifie: « Mes seuls héritiers... » Ce bon Gaucher! Comme il est long à se laver les mains!... Profitons-en pour nous concerter... S'il me demande ce que je désire... Je dis vingt mille francs...

MADAME MAZEROUD

Oui... pendant que nous le tenons!

MAZEROUD

Vingt mille... ce n'est pas grand'chose pour un richard comme lui! J'ai envie de pousser jusqu'à trente mille.

MADAME MAZEROUD

Il nous donnerait tant que ça!

MAZEROUD

Bah! Qu'est-ce que ça représente? Le produit d'une journée de la Rosemonde... Il irait peut-être à quarante mille. Il ne refusera pas... il ne peut pas refuser!

MADAME MAZEROUD

Que d'argent!... La tête me tourne!

MAZEROUD

Peuh! deux mille louis... Ce n'est pas encore le Pérou.

MADAME MAZEROUD

Mais c'est la fin de nos misères!

MAZEROUD

D'accord... moi... je vois plus loin! l'avenir, les espérances!

MADAME MAZEROUD

Oh! René!

MAZEROUD

Dame! Ce garçon-là n'a pas l'air d'avoir une santé très forte!

MADAME MAZEROUD

Tais-toi!... on entend tout!

GAUCHER, *rentrant.*

Ah! mes braves cousins, je suis content de vous retrouver.

MAZEROUD

Tu ne nous as jamais quittés... regarde plutôt... là... ton portrait... il est resté là depuis ton départ.

GAUCHER

Comme je suis touché!

MADAME MAZEROUD

Tout de même... vous voilà rentré au pays... Vous allez vous retremper un peu dans la vie de famille!

GAUCHER

Chère madame Mazeroud!

MADAME MAZEROUD

Oh! ne croyez pas que si nous sommes contents de vous revoir... c'est à cause de votre situation. Loin de nous ce bas calcul!

MAZEROUD

Tu es notre cousin Gaucher... voilà

tout ! Moi d'abord, je ne suis pas le courtisan de la richesse !

MADAME MAZEROUD

Certes !

MAZEROUD

Aujourd'hui que tu rentres après fortune faite, tu vas te donner du bon temps et semer le bonheur et la joie autour de toi, comme le soleil.

GAUCHER

Oui... oui !

MAZEROUD, *bas, à sa femme.*

Il n'a pas l'air de comprendre ! Il a une drôle de figure !

MADAME MAZEROUD

La fatigue ! Mon cousin, vous êtes tout pâle... ne restez pas debout !... Qu'est-ce qui vous prend ?

GAUCHER

L'émotion... je suis brisé !

MAZEROUD

Vite... vite... le fauteuil de notre chambre ! (*Les Mazeroud sortent.*)

GAUCHER, *seul.*

Pauvres gens ! Comment leur annoncer que je n'ai plus le sou ?

MADAME MAZEROUD, *avec le fauteuil.*

Là, vous serez mieux assis !

GAUCHER

Je voudrais vous remercier... mais je n'ose pas...

MAZEROUD

Tu ne nous dois pas de remerciements ! Tu es notre cousin Gaucher, n'est-ce pas ? Eh bien... tu auras plus tard mille occasions de nous témoigner ton intérêt.

MADAME MAZEROUD, *sévère.*

Mazeroud !

MAZEROUD

Mais non... le cousin comprend ce que je veux dire. Tu sais, les capitaux sont difficiles à placer... Ma femme et moi nous avons une spéculation en vue !

GAUCHER

Et si par hasard... tu t'étais abusé ?... Si j'étais ruiné !

MAZEROUD

Farceur ! va ! toi... ruiné ! Allons donc!

GAUCHER

Ruiné à plate couture, par un coup de Bourse.

MAZEROUD

Que te reste-t-il, infortuné ? Deux ? Trois millions ?

GAUCHER

Je suis à la côte... on m'a rapatrié par charité... Je me suis échoué ici... (*Silence.*)

MAZEROUD, *lentement.*

Ça... c'est le dernier coup !... Nous qui faisions tant de projets ! Nous n'avons même plus ça !

GAUCHER

Vous allez me détester maintenant !... Adieu. (*Il va vers la porte.*)

MADAME MAZEROUD, *à son mari.*

René !

MAZEROUD

Reste !... Après tout, tu es notre cousin Gaucher ! On ne peut te renvoyer ainsi.

— LA, VOUS SEREZ MIEUX ASSIS !

GAUCHER

Vrai ? Tu me pardonnes !

MADAME MAZEROUD

Ce n'est pas de votre faute si nous nous sommes monté le bourrichon ! Asseyez-vous !

GAUCHER

Dans le fauteuil ? Non.

MADAME MAZEROUD

Si... si... dans le fauteuil ! Et vous allez dîner avec nous !

GAUCHER

Vous êtes trop bonne !

MADAME MAZEROUD

J'ai un bouillon exquis... et du salé comme on n'en mange pas au Transvaal !

GAUCHER

Vous êtes de braves gens !

MAZEROUD

Et tu nous raconteras tes aventures... Moi, je te raconterai ce qui s'est passé au bureau en ton absence...

GAUCHER

Ah ! tu es un malin, toi ! Tu n'es pas allé chercher midi à quatorze heures... tu as gardé une position stable !

MAZEROUD

Oui... et puis on a la retraite !

GAUCHER

Tu as un intérieur... l'avenir assuré... une femme charmante !

MAZEROUD, *ému.*

Ça... c'est vrai ! C'est une brave femme.

GAUCHER

Il n'y a pas à dire... Tu es heureux !

MAZEROUD, *se carrant.*

Peuh !... je ne me plains pas ! (*Madame Mazeroud le regarde avec des yeux ronds.*)

MADAME MAZEROUD

Hein ? Tu sais ce que c'est que le bonheur maintenant ?

MAZEROUD

Oui... C'est de trouver plus malheureux que soi ! A table !

MADAME MAZEROUD

C'est servi... A vous la pose, mon cousin !

GAUCHER, *satisfait.*

Je vais vous raconter comment j'ai gagné mon premier million !

RENTRÉE DE CŒUR

Au Cercle d'Horticulture et des Arts Libéraux, surnommé tantôt « *Les Patates* » tantôt « *Les Forçats Libérés* ». Il est cinq heures ; dans le petit salon, Gustave, valet de pied, lit le *Gaulois*. Aucun bruit à la cantonade. C'est encore la solitude des vacances. Les tables à jeu sont désertes ; ça ne sent plus la bonne odeur du vieux cigare et du calorifère ; et il y a sur la tablette de la cheminée une poussière que nul coude d'habitué n'est venu essuyer.

Entre tout à coup un monsieur en jaquette, correct ; monsieur entre deux âges, qui se défend, à qui sa sveltesse permet encore de tricher de six ans. Le monocle à demeure sous l'arcade sourcilière. Un air de lassitude qui cache une solide joie de vivre ; c'est Urbain Prinsec, peintre portraitiste, membre du Cercle.

PRINSEC

Tiens !... Gustave !

GUSTAVE

Monsieur est de retour ! Quel bonheur !

PRINSEC

Merci pour la joie, quoique, au fond, que je sois ou non de retour, vous vous en fichiez comme de votre premier pourboire !

GUSTAVE

Oh ! non, monsieur ! On s'ennuie tant, quand le Cercle est vide !

PRINSEC

Je croyais que l'été vous alliez crouper en province !

GUSTAVE

A Reste-les-Bains ! Mais, cette année, on a supprimé les jeux. Alors, je n'ai pas bougé de Paris.

PRINSEC

Est-ce que l'on commence à rentrer ?

GUSTAVE

Pas beaucoup.

PRINSEC

Je ne suis pas le premier de retour, au moins ? Je reviens exprès en octobre, pour trouver les autres à leur poste.

GUSTAVE

Jusqu'ici je n'ai vu que monsieur Chardonval, monsieur Howlett, et monsieur de Moulissac.

PRINSEC

Et La Bru ?

GUSTAVE

Monsieur La Bru est à la chasse.

PRINSEC

Ça va encore lui coûter deux ou trois rabatteurs. Et Lartigois ?

GUSTAVE

Monsieur Lartigois est très souffrant.

PRINSEC

Celui-là promet d'être gâteux, un jour !

GUSTAVE

Monsieur Lartigois a déjà tenu.

PRINSEC

Allons donc...

GUSTAVE

Je l'ai rencontré, hier... il était dans une petite voiture d'osier...

PRINSEC

Comme le vieux bourgogne, qu'il aimait tant ! Et Chandesaignes !

GUSTAVE

Monsieur de Chandesaignes a joué trop gros jeu à Trouville... Sa famille l'a rappelé, paraît-il.

PRINSEC

Au moins, il y a Faubert... Il n'a pas quitté Paris, celui-là !

GUSTAVE

Non.

PRINSEC

A la bonne heure ! Un fameux joueur de bridge ; si nous avions deux partenaires...

GUSTAVE

Oh ! monsieur Faubert ne jouera plus au bridge, avant quelque temps... il est marié.

PRINSEC

Qu'est-ce que vous me chantez là ? Faubert... marié ?

GUSTAVE

Ou c'est tout comme... Si monsieur veut lire dans le *Gaulois*, à l'article des mondanités. Monsieur Faubert est fiancé à mademoiselle Gourdiflot, des aciéries Gourdiflot... le mariage aura lieu dans quelques jours... Qu'est-ce que monsieur en pense ?

PRINSEC

Vous m'en voyez atterré ! Que de malheurs en quelques semaines. Voilà des gens que j'ai quittés heureux, bien portants, libres... et je les retrouve, qui dans la débine, qui dans un fauteuil roulant, qui dans le mariage.

GUSTAVE

Alors je puis parler aussi à monsieur de monsieur Dambrune.

PRINSEC

Qu'est-ce qu'il a eu, celui-là ?

GUSTAVE

Monsieur Dambrune est parti pour l'Indo-Chine...

PRINSEC

Comme colon ? Il va travailler ?

GUSTAVE

Non... comme vice-résident.

PRINSEC

Ah ! bon !... C'est pour son plaisir Tout de même, rien de tout cela n'est rassurant... Et mon bridge est dans le lac... Tant pis. Je vais me faire une réussite. (*Il s'assied et commence à étaler les cartes.*)

GUSTAVE

Voici toujours monsieur Chardonval... ce sera un écarté...

CHARDONVAL, *un gros garçon, de nature réjouie, un petit sourcil de moustache dans une bonne figure sans traits ; des yeux bleus à fleur de tête.*

Bonjour, Prinsec ! Vous allez confortablement ?

PRINSEC

Couci-couci ! Je reviens des eaux.

CHARDONVAL

Alors !

PRINSEC

Je souffrais de l'intestin ; on m'a envoyé à Thumécourt-sur-Lezanzy, faire une cure... J'ai bu de l'eau atroce ; ça m'a guéri l'intestin, mais ça m'a donné une maladie d'estomac.

CHARDONVAL

Prenez d'autres eaux !

PRINSEC

Merci ! J'ai peur de gagner une maladie de foie... Je n'ai plus que le foie de solide. Et vous, où avez-vous passé l'été ?

CHARDONVAL

Je n'ai pas pu m'éloigner... à la fin de la saison dernière, j'étais à quia...

PRINSEC, *qui ne comprend pas.*

Quia ? Où est-ce situé ça ? Au bord de la mer ?...

CHARDONVAL

Mais non... Je veux dire « à quia »... accroché du côté de la galette... j'avais des ennuis d'argent.

PRINSEC, *sentencieux.*

La vie n'est qu'un long ennui d'argent !

CHARDONVAL

J'avais été très écorché, le printemps. Alors je me suis terré pendant trois mois... J'ai fait des économies, mon bon !

PRINSEC

Bravo !

CHARDONVAL

Et je suis allé les perdre, il y a une semaine, en Belgique, dans un coin de casino. Croyez-vous que c'est bête !...

Aller se faire détrousser dans un coupe-gorge où on n'a même pas ses habitudes !

PRINSEC

Il faut bien varier les plaisirs... Un écarté ?

CHARDONVAL

Si vous voulez... tirons... un sept !... ça recommence ! A vous la donne ! Tiens ! Howlett !

HOWLETT, *un Américain de Paris... presque pas d'accent ; presque pas de raideur. Figure rasée, nez volontaire, cheveux plats.*

Bonjour... Comment êtes-vous ?

PRINSEC

Pas mal... Êtes-vous l'homme d'un pâle piquet ?

HOWLETT

Je suis... Envoyez les brèmes.

CHARDONVAL

Vous avez passé un bon été ?

HOWLETT

Exécrable... j'ai promené mon corps un peu partout.... parce que, moi... il faut que je me remue.

PRINSEC

La fâcheuse bougeotte !...

HOWLETT

Je suis allé à Houlgate... chez des amis... Je devais rester quinze jours... au bout d'une semaine... j'avais soupé...

CHARDONVAL

La grande bleue vous ennuie ?

HOWLETT

Non... je ne la regarde pas... Mais je trouve que les gens qui invitent un ami célibataire devraient héberger en même temps une femme adultère ; ça ferait deux heureux.

PRINSEC

Il y a les grenouilles de plage...

HOWLETT

Merci... très peu pour moi... Je tiens à ma belle santé... Je suis donc tombé dans une villa où il n'y avait que de jeunes ménages... Vous n'imaginez pas ce que c'était crispant !... Les maris et les femmes s'embrassaient derrière toutes les portes... dans toutes les cabines... dans tous les buissons... De quoi avais-je l'air ? D'un paria. Dès que j'entrais dans une salle, je voyais un monsieur et une dame se séparer vivement, et prendre l'air indifférent de deux personnes qui ne viennent pas de s'embrasser sur la bouche.

CHARDONVAL

Mon pauvre Howlett ! Il y a un sieur Tantale à qui l'on a jadis monté un bateau analogue.

HOWLETT

Je ne sais pas s'il l'a supporté longtemps ; moi, j'ai tenu huit jours... au bout de huit jours, j'ai pris le maître de la maison à part et je lui ai dit : « Écoutez, le spectacle du bonheur d'autrui commence à me peser... je me trotte. » Il a voulu insister : « Restez encore une petite semaine. Dans une semaine, j'attends une jeune veuve et une femme divorcée... — Non... je la connais celle-là, lui ai-je répondu. Vos dames sont déjà retenues sur d'autres plages. Elles s'excuseront au dernier moment. Aussi, je vous préviens, quand

JE VOYAIS UN MONSIEUR ET UNE DAME SE SÉPARER...

je suis privé d'amour, je bois, et quand je bois, je suis tout à fait insupportable. Laissez-moi partir. »

PRINSEC

Et vous êtes rentré à Paris ?

HOWLETT

Pas encore... Bruckmann m'a emmené en yacht... Il m'assurait au moins deux dames, lui aussi.

PRINSEC

Et, naturellement, les dames se sont fait excuser ?

HOWLETT

Non... elles y étaient bien... seulement, une fois en mer, je me suis aperçu que les deux dames en question avaient pour notre sexe une aversion fâcheuse.

CHARDONVAL

Encore volé !

HOWLETT

Et ç'a été comme ça tout le long de la saison. Je suis allé en Touraine, chez de Mareuil. Là, je suis tombé sur des fiancés... mais comme s'il en pleuvait : trois couples de fiancés que leurs chaperons menaient, l'après-midi, s'aimer à l'écart. J'en devenais enragé ! J'en arrivais à regarder fixement les bonnes !.. Ah ! quatorze de dames !...

PRINSEC

Plaignez-vous !... Une quatrième au valet, ça vaut ?

CHARDONVAL

Des plumes ! j'ai une quinte...

HOWLETT

Arrêtez !... Voilà Moulissac ! Nous avons un bridge !...

ELLES AVAIENT POUR NOTRE SEXE UNE AVERSION FÂCHEUSE.

MOULISSAC, *assez joli garçon. Le « beau brun » pour modistes ; des yeux doux très tristes ; allure générale désolée.*

Bonjour Chardon... Prinsec. (*Saluant Howlett.*) — Monsieur !...

CHARDONVAL, *présentant.*

Tu ne connais pas... Monsieur de Moulissac... Monsieur Philip-Howlett... (*Appelant.*) Gustave !... un jeu de bridge.

PRINSEC

D'où arrives-tu ?

MOULISSAC

De la maison de santé du docteur Moyen...

CHARDONVAL

Allons donc ! On le saurait !

PRINSEC

Qu'est-ce qui t'est arrivé ?

MOULISSAC

Des tas d'histoires... on a été obligé de me faire une opération compliquée...

PRINSEC

A propos de quoi ?

MOULISSAC

Pour me retirer deux petites machines en plomb... que je m'étais logées dans le côté gauche à l'aide d'un revolver...

CHARDONVAL

Allons donc ! Toi ! Moulissac ! Tu as attenté à tes jours ? C'est Mariette qui a dû être bouleversée !...

MOULISSAC

Non... c'est à cause d'elle que ça m'est arrivé.

PRINSEC

Pas possible ! Mariette, avec qui tu étais depuis cinq ans...

MOULISSAC

Depuis sept ans...

CHARDONVAL

Elle t'a... elle t'a... ah ! zut ! elle t'a trompé, quoi ?

MOULISSAC

Pas du tout ; si ç'avait été ça, je n'aurais pas eu de chagrin... Elle m'a quitté.

PRINSEC

Alors, c'est toi qui as eu les torts ?

MOULISSAC

Non plus... Ça s'est fait de la façon la plus bête du monde. Nous étions aux Petites Dalles, où nous louons tous les ans le même chalet. Moi, je m'étais habitué à être heureux ; l'été, c'est le meilleur moment ; on s'installe au chalet et on vit comme des brutes, au grand air, dans l'eau, sur les routes en vélo ; nous avions fait le voyage en chaufferette comme d'ordinaire. Arrivés là-bas, nous prenons nos quartiers. Dès le début, j'ai compris que Mariette n'était plus la même ; elle ne me parlait presque pas ; elle restait des heures entières à regarder la mer.

PRINSEC

Quand une femme se met à contempler la nature, c'est mauvais signe...

MOULISSAC

Elle allait à la poste, souvent. Elle écrivait beaucoup. J'essayais de la distraire ; elle promenait partout la même figure fatiguée, triste, lasse. Et toujours, elle avait la même réponse : « Je t'assure, je n'ai rien ! » Nous avions vécu dans la plus étroite amitié durant sept ans ; et j'ai senti, tout à coup, que Mariette devenait une étrangère pour moi, qu'elle me cachait ses pensées, ses projets.

CHARDONVAL

Voilà qui m'aurait été égal, par exemple !

MOULISSAC

Oh ! toi, tu n'as jamais aimé que toi...

CHARDONVAL

Et encore ! je m'aime si mal !...

MOULISSAC

Je n'ai pas pu supporter ce silence ; ce tête-à-tête avec une femme qui m'échappait un peu plus chaque jour m'est devenu odieux. Nous sommes restés un mois ainsi.

PRINSEC

C'est gai la vie de bains de mer !

MOULISSAC

Nous ne nous parlions pas, et, petit à petit, à notre insu, nous finissions par nous détester. Vers le milieu d'août, Mariette a eu une sorte de fièvre nerveuse. Sa sœur est venue la soigner ; c'était elle qui allait tous les matins à la poste. J'ai commencé à soupçonner la vérité. Et je résolus de m'expliquer avec Mariette ; ce jour-là, elle allait mieux ; au moment où j'allais entamer la question, elle me dit : « J'ai quelque chose à t'annoncer. » Il me sembla que j'avais entendu ses paroles avant qu'elle les eût dites... Elle reprit : « Je vais te quitter... »

PRINSEC

Comme ça, à brûle-pourpoint ?

MOULISSAC

Je comprenais qu'elle méditait cela depuis des semaines. Elle continua, d'un ton tranquille, comme s'il se fût agi d'une chose toute naturelle : « Il faut que je te quitte... je n'y tiens plus... je m'ennuie trop ici... — Tu ne m'aimes plus ? » Pourquoi ai-je posé cette question ? Comme si je ne le savais pas, qu'elle ne m'aimait plus.

CHARDONVAL

On a toujours besoin de s'entendre dire les choses douloureuses que l'on pressent.

MOULISSAC

Elle m'a répondu tout bas : « Je ne t'aime plus... j'ai fait de mon mieux pour rester quand même, parce qu'il n'est pas juste que tu aies de la peine, toi qui n'as pas cessé de m'aimer. Que veux-tu ? C'est plus fort que moi. — Tu en aimes un autre ? — Oui. » Je me suis mis à pleurer, et, pourtant, je ne comprenais pas encore tout mon malheur ; j'ai pleuré, parce que c'était obligatoire. Toutefois, je n'imaginais pas que ce fût possible, ce qui m'arrivait ! Songez donc ! Sept ans de liaison, sans une dispute, sans une minute de jalousie ! Nous n'avions qu'un sujet de querelle : chacun de nous voulait mourir le premier.

PRINSEC

Vous étiez folâtres dans l'intimité.

MOULISSAC

Je l'ai suppliée, priée à genoux. J'ai eu toutes les lâchetés. En pure perte, Elle était résolue : « Il faut nous quitter ; je ne veux pas te tromper ; rends-moi ma liberté. » Jusqu'au dernier moment, j'ai espéré que ce n'était qu'un caprice, qu'elle céderait. Lorsqu'elle s'en alla, elle était désolée : « Il n'y a plus de bonheur pour moi », m'a-t-elle dit. Et c'est seulement quand elle fut partie que je compris. Toute la journée, je me suis débattu contre l'idée folle que j'avais eue à cette minute ; mais le soir, je n'ai plus eu la force. Et je me suis offert deux balles.

PRINSEC

Dans la région du cœur. Jenny

l'ouvrière, Mimi Pinson ! va ! Tu es irrévocablement la dernière grisette...

MOULISSAC

Ça m'a un peu consolé de me tuer. J'ai été malade comme un cheval. On a eu toutes les peines du monde à m'extraire ces deux pruneaux. Pour un peu, mes petits vieux, vous faisiez aujourd'hui le whist avec un mort.

CHARDONVAL

Non ! Ce que tu le tiens, aujourd'hui, le mot pour rire ! Allons... donne les cartes...

MOULISSAC

Je passe parole.

CHARDONVAL

Sans atout... Et regarde le jeu que je te prépare...

MOULISSAC

A propos... comment va Dambrune ?

PRINSEC

Oh ! mes enfants ! Une fois pour toutes, donnons des nouvelles des absents et qu'on n'en parle plus. Dambrune est en Indo-Chine ; La Bru à la chasse ; Chandesaignes s'est fait plumer à Trouville ; Lartigois est gâteux...

HOWLETT

Pauve Larti ! Il buvait bien.

MOULISSAC

Trop bien !... Ma foi ! les vacances ont été bonnes !... Nous avons perdu tout ça ? Et Faubert ?

PRINSEC

Marié, ou presque... voyez *Gaulois*. Il donne son nom à une demoiselle Gourdiflot.

HOWLETT

Elle en avait besoin !

CHARDONVAL

Le Syndicat des cocus de France fait une brillante recrue.

PRINSEC

Celui-là n'y coupe pas ! C'est du bien de chez lui, ça lui reviendra !...

HOWLETT

Il a de l'argent, pourtant !... Pourquoi se marie-t-il ?

MOULISSAC

Pour ne plus être seul... Il a raison.

PRINSEC

Comment, mon petit Lissac, toi aussi : tu veux en tâter, du mariage ?

MOULISSAC

Pourquoi pas ?... J'ai réfléchi, là-bas, à la maison de santé ; je me suis vu tout seul, malade, fichu ; et plus tard, quand je suis sorti, j'ai pris mon chez moi en horreur... et j'ai eu le trac, oui... le trac, celui que vous avez tous...

PRINSEC

Le trac de quoi ?

MOULISSAC

De vous en aller, sans personne pour vous reconduire, de finir, comme Lartigois, en voiturette ou comme Dambrune, au loin. Moins on est d'inutiles, moins on rit... Comptez tous ceux que nous avons laissés ! Vous aurez froid dans le dos... La rentrée, voyez-vous, c'est l'époque terrible...

HOWLETT

Et plus on va, moins c'est rassurant.

MOULISSAC

Les jours diminuent, le froid vient, la pluie, la boue... on est éreinté de la vie de plaisir ; avec ça la tristesse de l'automne ; on n'ose plus se regarder dans la glace, on se verrait vieilli, décati... on pense que si l'on était marié, on aurait une femme à soi...

PRINSEC

Oh ! à soi !

MOULISSAC

Mais oui, à soi ! Il y a des heures où je regrette que Mariette ne m'ait pas trompé, je l'aurais gardée. Grâce à elle, j'avais un intérieur, un semblant de home. Faubert a rudement raison... et je ferai comme lui, dès que je le pourrai ! Et toi, Prinsec, qui crânes, je parie que tu es marié dans un an... et vous aussi, Monsieur Howlett.

HOWLETT, *rougissant.*

Moi... je suis fiancé... en Amérique... J'attends trois mois pour retourner là-bas, me marier.

MOULISSAC

A la bonne heure... Il ne reste que Chardonval, qui ne se mariera jamais !

CHARDONVAL, *calme.*

Je t'écoute... je le suis depuis dix ans ! Ma femme s'est sauvée avec un pianiste croate... j'attends son retour.

PRINSEC

Pour pardonner ?

CHARDONVAL

Non... pour divorcer... Mes enfants, l'atout est cœur...

FIN

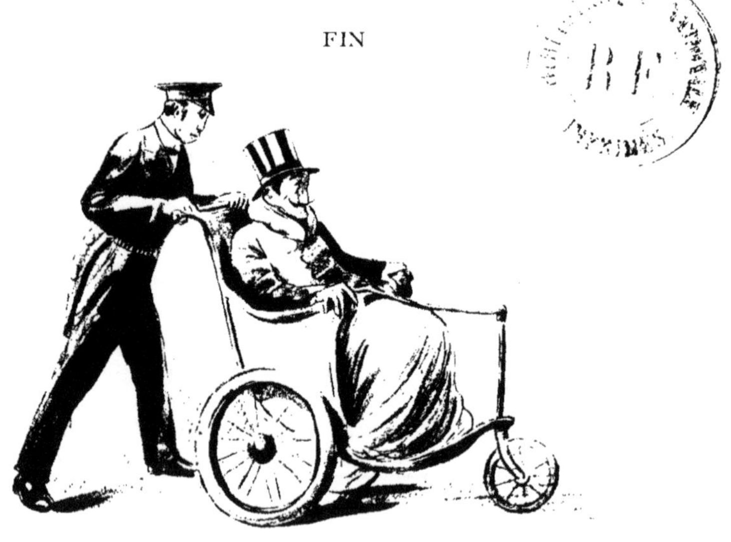

Pour paraître le 1er Juillet 1912, le nº 68 :

NOUVELLE COLLECTION ILLUSTRÉE
CALMANN-LÉVY

L'ouvrage complet, **95** centimes. Relié, **1** fr. **50.**

GYP

UNE PASSIONNETTE

Illustrations de Edouard BERNARD

NOUVELLE COLLECTION ILLUSTRÉE CALMANN-LÉVY

L'ouvrage complet, **95** centimes. Relié **1** fr. **50.**

N° 1.	PIERRE LOTI, *de l'Académie française*	**Pêcheur d'Islande.**
N° 2.	ANATOLE FRANCE, *de l'Académie française*	**Le Crime de Sylvestre Bonnard.**
N° 3.	LUDOVIC HALÉVY, *de l'Académie française*	**La Famille Cardinal.**
N° 4.	FRANÇOIS COPPÉE, *de l'Académie française*	**Le Coupable.**
N° 5.	JULES RENARD	**Poil de Carotte.**
N° 6.	RENÉ BAZIN, *de l'Académie française*	**Donatienne.**
N° 7.	A. DUMAS FILS, *de l'Académie française*	**La Dame aux Camélias.**
N° 8.	GEORGES COURTELINE	**Boubouroche.**
N° 9.	PIERRE VEBER ET WILLY	**Une Passade.**
N° 10.	JULES LEMAITRE, *de l'Académie française*	**Les Rois.**
N° 11.	ANDRÉ THEURIET, *de l'Académie française*	**L'Oncle Scipion.**
N° 12.	ALPHONSE DAUDET	**L'Immortel.**
N° 13.	PROSPER MÉRIMÉE, *de l'Académie française*	**Diane de Turgis.**
N° 14.	GYP	**Le Mariage de Chiffon.**
N° 15.	FRANÇOIS COPPÉE, *de l'Académie française*	**Toute une Jeunesse.**
N° 16.	ABEL HERMANT	**Les Grands Bourgeois.**
N° 17.	HENRI DE RÉGNIER, *de l'Académie française*	**Les Vacances d'un jeune homme sage.**
N° 18.	GEORGES COURTELINE	**Messieurs les Ronds-de-Cuir.**
N° 19.	OCTAVE FEUILLET, *de l'Académie française*	**Le Roman d'un jeune homme pauvre.**
N° 20.	MARCELLE TINAYRE	**Avant l'Amour.**
N° 21.	RENÉ BOYLESVE	**Le Parfum des Iles Borromées.**
N° 22.	ANDRÉ THEURIET, *de l'Académie française*	**Amour d'Automne.**
N° 23.	EDMOND DE GONCOURT	**La Fille Elisa.**
N° 24.	LÉON FRAPIÉ	**Marcelin Gayard.**
N° 25.	RENÉ BAZIN, *de l'Académie française*	**De toute son âme.**
N° 26.	ALPHONSE DAUDET	**La Petite Paroisse.**
N° 27.	ABEL HERMANT	**Confession d'un Enfant d'hier.**
N° 28.	GEORGE SAND	**Elle et Lui.**
N° 29.	MARCELLE TINAYRE	**Hellé.**
N° 30.	GYP	**Joies d'Amour.**
N° 31.	HENRY MURGER	**Scènes de la Vie de Bohème.**
N° 32.	GUSTAVE GEFFROY	**L'Apprentie.**
N° 33.	A. DUMAS FILS, *de l'Académie française*	**Affaire Clémenceau.**
N° 34.	GEORGES COURTELINE	**Le Train de 8 h. 47**
N° 35.	ÉMILE ZOLA	**Thérèse Raquin.**
N° 36.	HENRY MURGER	**Le Pays Latin.**
N° 37.	Comte DE VILLIERS DE L'ISLE-ADAM	**Contes Cruels.**
N° 38.	ALFRED CAPUS	**Faux Départ.**
N° 39.	GEORGE SAND	**Indiana.**
N° 40.	RENÉ BOYLESVE	**La Becquée.**
N° 41.	ABEL HERMANT	**Confession d'un homme d'aujourd'hui**
N° 42.	JEAN RICHEPIN, *de l'Académie française*	**Miarka, la fille à l'ourse.**
N° 43.	ANDRÉ THEURIET, *de l'Académie française*	**Charme Dangereux.**
N° 44.	FRANÇOIS COPPÉE, *de l'Académie française*	**Henriette.**
N° 45.	TRISTAN BERNARD	**Amants et Voleurs.**
N° 46.	LÉON FRAPIÉ	**La Maternelle.**
N° 47.	GEORGES D'ESPARBÈS	**Les Demi-Solde.**
N° 48.	ALPHONSE DAUDET	**Fromont jeune et Risler aîné.**
N° 49.	FRANÇOIS COPPÉE, *de l'Académie française*	**Les Vrais Riches.**
N° 50.	PIERRE LOTI, *de l'Académie française*	**Le Roman d'un Spahi.**
N° 51.	JULES CLARETIE, *de l'Académie française*	**Le Prince Zilah.**
N° 52.	ALPHONSE KARR	**Sous les Tilleuls.**
N° 53.	GYP	**Le Bonheur de Ginette.**
N° 54.	EMILE ZOLA	**Naïs Micoulin.**
N° 55.	ABEL HERMANT	**Les Confidences d'une biche.**
N° 56.	ANATOLE FRANCE, *de l'Académie française*	**Histoire Comique.**
N° 57.	RUDYARD KIPLING	**La Lumière qui s'éteint.**
N° 58.	HENRI LAVEDAN, *de l'Académie française*	**Le Vieux Marcheur.**
N° 59.	RENÉ BAZIN, *de l'Académie française*	**Le Blé qui lève.**
N° 60.	EDMOND DE GONCOURT	**La Faustin.**
N° 61.	HENRI DE RÉGNIER, *de l'Académie française*	**Le Passé Vivant.**
N° 62.	ANDRÉ THEURIET, *de l'Académie française*	**Boisfleury.**
N° 63.	J.-H. ROSNY, *de l'Académie française*	**La Fauve.**
N° 64.	OCTAVE FEUILLET	**Histoire d'une Parisienne.**
N° 65.	HENRI LAVEDAN, *de l'Académie française*	**Leur Cœur.**
N° 66.	ÉMILE ZOLA	**La Conquête de Plassans.**

www.ingramcontent.com/pod-product-compliance
Ingram Content Group UK Ltd.
Pitfield, Milton Keynes, MK11 3LW, UK
UKHW022032170726
13837UKWH00002B/549